스키조프레니아
Schizophrenia

스키조프레니아
Schizophrenia

최찬혁 장편소설

좋은땅

목 차

프롤로그　　　　　　　　　　　　　6

제1장 아크로토모필리아　　　　　　12

제2장 유포리아　　　　　　　　　　66

제3장 드리우는 진실　　　　　　　101

제4장 깨어나라　　　　　　　　　160

제5장 간헐적 폭발 장애(IED)　　　189

제6장 스키조프레니아　　　　　　217

프롤로그

그날은 말이지, 지독히도 향기로웠어.
바람은 시원했고, 태양은 따스했으며 하늘은 무척 아름다웠지. 내 세상이 부서진, 무너진, 그날이었어.
거짓말 같겠지만, 나는 정말 행복했어.
깊이를 모른 채, 이유를 모른 채….
나는 무엇인가, 나는 어째서 고통받는가, 나는 무엇을 알고 있는가, 그리고 무엇을 모르고 있는가.
이제는 딱히 궁금하지도 않아.
나는 내가 모르고 있다는 것을 알고 있거든.
머리가 부풀어 올라, 터질 것 같아.
하루… 그리고 또 하루… 나는 드넓은 바다에 내가 걸어갈 곳만을 얼리며 위태롭게 나아가고 있어.
한 발자국, 그리고 또 한 발자국.
발을 내딛을 때마다 흐려지는 정신, 그리고 흐려지는 심장.
내 혈관엔 무엇이 흐르고 있을까.
사랑인가, 절망인가, 고통인가, 인내인가, 행복인가.
고통받고 싶지 않아.

목소리를 듣고 싶지 않아.
나는… 나는 무엇인가.

"오늘은 계절을 앞서간 무더위가 전국을 강타할 예정입니다. 옷장에서 얇은 옷을 찾아 입으셔야겠는데요. 오늘 서울의 낮 최고기온은 30도 최저기온은…."
"세상이 미쳤구나…. 지금이 5월인데 이게 말이나 되는 소리야?"

바깥에서 짜증 나게 들려오는 매미 소리와 정신을 빼놓는 더위에 나는 화가 나 뉴스를 껐다. 머리를 뒤흔드는 폭염과 왠지 모를 언짢은 기분. 정말 최악이었다. 나는 냉동실을 뒤적거리며 내 불타는 심장을 달래 줄 차가운 음식을 찾고 있었다. 그러나 손에 잡히는 것은 유통기한이 한참 지난 냉동만두와 새우튀김, 그리고 눈길이 가지 않는 얼음 부스러기 한 움큼이었다. 나는 아쉬운 대로 얼음 부스러기를 한입에 털어 넣고 턱이 빠져라 씹어 댔다. 그렇게 멍을 때리며 5초 정도가 지났을까, 이름값을 너무나도 잘하는 얼음 부스러기는 그새 다 녹아 버렸다. 나를 계속 화나게 하는 소란스러운 매미를 죽이고 싶은 마음을 얼음이 녹아 나온 물과 함께 삼켰다.

당신은 여름을 좋아하는가? 참고로 나는 여름을 그닥 좋아하지는 않는다. 왜냐하면 너무나도 덥기 때문이다. 단순하지 않은가? 한여름의 더위를 생각하면 정말 진절머리가 날 것 같다. 그렇다면 겨울을 좋아하냐고? 사실 그것도 아니다. 여름보다는 겨울을 '선호'하는 편이다.

겨울을 싫어하는 이유는… 조금 복잡하다고 할 수 있겠다. 나는 겨울날의 고독을 경멸한다. 물론 고독은 필요한 감정이지만 나는 이제 고독을 더 이상 느끼고 싶지는 않다. 칼바람이 부는 거리를 활보하며 생각에 잠기자면, 극심한 우울이 찾아오곤 한다. 또한 고독을 받아들이는 길도 정말 험하다. 겨울철에 눈은 길바닥에만 쌓이는 것이 아니라는 것을 우리는 알아야만 한다. 뇌에서 심장으로 가는 ―아주 멀고도 험한― 길을 지나가는 골목에도 눈이 소복이 쌓이게 된다. 그 소름끼치는 현상 때문에 나는 겨울을 싫어한다.

그렇게 길고 긴 생각에 심취할 때쯤 벨소리가 울려왔다.

"누구세요?"

"…. 입니다~"

"네? 누구시라구요?"

"이번에 이사 온 사람입니다~ 인사드리러 왔어요~"

나는 잔뜩 경계했던 몸을 풀고 문을 열었다.

고개를 들어보니 고등학생처럼 보이는 여자가 서 있었다.

어린 나이에 대담한 행동을 한다고 생각한 나는 여자를 반갑게 맞이했다. 그리고 심장에 대고 속삭였다.

'대단한 사람이야. 잘 대해 주어야겠어.'

"안녕하세요~ 혼자 사세요?"

"아니요, 부모님이랑 같이 살고 있어요. 혹시 몇 살이세요?"

"저는… 어… 고등학교 3학년이에요!"

"보통 부모님이 인사를 드리러 다니실 텐데, 혼자 인사하러 올 생각은 어떻게 하신 거예요?"

"그냥… 부모님은 짐 정리하시느라 바쁘셔서요. 저도 도와드리고 있었는데 잠깐 바람 쐴 겸 나왔어요!"

그녀는 생글생글 웃으며 나를 바라보았다. 웃을 때 가려지는 눈과 한껏 올라간 입꼬리가 정말 인상 깊었다.

"그러셨구나! 앞으로 오다가다 하면서 뵈면 인사해도 괜찮죠?"

"그럼요! 언제든지 인사해 주세요! 아, 참! 바로 위층이니까 층간소음이 쪼금 나도 이해해 주시면 감사하겠습니다!"

"네! 조심히 들어가세요~"

나는 당찬 여자를 보내고 문을 닫았다. 쾌활한 성격의 사람과 대화를 해서 그런지 나까지 기분이 좋아지는 것 같았다. 나는 얼마 전에 교체한 커피머신기로 커피를 내린 뒤에 서랍을 조금 뒤져서 과자를 찾았다. 그리고 얼음을 넣으려고 냉동실을 열었지만 이내 내가 조금 전에 먹어 버렸다는 사실을 깨닫고 후회했다.

아— 불쾌한걸, 날씨가 사람을 화나게 할 수도 있구나~

나는 갑작스러운 허기에 집안 곳곳을 뒤져 먹을거리를 찾기 시작했다. 하지만 눈에 들어오는 것은 봉지라면 몇 개와 언제 샀는지 기억도 나지 않는 참치 캔이 나뒹굴고 있는 모습뿐이었다. 나는 쭈그려 앉은 다리를 펴고 문을 박찼다.

날씨는 미친 듯이 더웠고 햇볕은 내 정수리를 태우고 있었다. 나는 급히 시장으로 뛰어갔다(사실 빠른 걸음에 가까웠다). 엄청난 더위에 고통스러워도 한 가지 장점이랄 것이 있었다. 바로 시장이 집 앞에 있다는 것! 나는 빨리 맛있는 것을 사서 집에 갈 생각에 굉장히 신이 났다. 시장에는 생선 위에 앉은 파리와 땀에 찌든 사람들로 붐볐다. 직원들은 파리를 쫓아내느라 바빴고 사람들은 할인 품목을 독차지하느라 바빴다. 나는 대충 아이스크림 세 개와 과자 두 개, 그리고 전자레인지 조리가 가능한 컵밥을 샀다. 참, 갑자기 드는 생각인데 내 끼니가 이렇다 보니 사람들이 나를 거지로 오해하는 상황이 많이 있다. 하지만 나는 그럭저럭 잘살고 있다. 평범한 부모님 밑에서 편안하게 사는, 모범적이고 일반적인 학생일 뿐이다. 나는 빠르게 계산을 마친 뒤 집으로 들어갔다.

나는 집에 들어가자마자 신발을 벗어던지고 아이스크림을 입에 물었다. 더위에 달궈진 혀가 사르르 녹는 기분이었다. 그렇게 아이스크림을 빠른 속도로 먹었지만 내가 먹는 속도보다 더위로 아이스크림이 녹는 속도가 더 빨랐다. 나는 깊은 탄성을 내뱉고 책을 읽으러 방으로 들어갔다.

선풍기를 가장 강하게 틀고 창문을 열은 뒤에 시원한 재질의 이불을 침대에 깔고 누웠다. 침대에 누웠더니 갑자기 책을 읽기가 귀찮아졌다. 나는 붙임성 없는 성격을 뒤로하고 잠깐 눈을 감고 생각에 빠졌다. 방대하고 장황한 생각의 갈피를 조금씩 잡아가며 토론의 주제를 (나 자신과 떠드는 일) 정하고 있었다. 지금이 겨울이었다면 산책을 하며 생각을 정리했을 텐데, 하며 아쉬워했지만 이내 나는 생각하는 것조차도 그만 두었다. 나는 심각한 지루함의 늪에 빠져 허우적대고 있었다.

이참에 방 정리나 하자고.

나는 머리카락과 먼지로 장식된 집을 바라보며 깊은 한숨을 내쉬었다. 먼저, 주방으로 가서 어제 사용한 그릇을 닦았다. 그리고 인덕션을 행주로 대충 닦아내고 엉망진창인 서랍장을 정리했다. 서랍장에는 아주 다양한 물건들이 살고 있었다. 드라이버부터 시작해서 나무젓가락, 치킨집 쿠폰, 플라스틱 숟가락, 정체불명의 고무줄과 지퍼백, 그리고 검지 손가락에 작은 구멍이 뚫린 비닐장갑이 있었다. 나는 사용할 수 없는 물건과 사용할 필요가 없는 물건들을 닥치는 대로 버렸다. 주방만 치웠는데도 집이 훨씬 깔끔해 보였다. 나는 이제 거실로 향했다. 우리 집은 거실이 집 전체 크기에 비해 조금 큰 편이다. 참, 말하는 것을 잊어버렸는데 원래 우리 집은 가족 모두가 함께 살았다. 하지만 어머니와 아버지, 그리고 아주 작고 시끄러운 강아지 한 마리는 아버지의 사업 성공으로 인해 다른 동네로 이사를 갔다. 나는 아직도 왜 나를 두고 갔는지 이해하지 못하지만 그게 부모님의 뜻이니 어쩔 수 없다고 생각하며 살고 있다. 다시 본론으로 돌아와서 나는 거실을 청소할 예정이다. 우리 집, 아니 내 집은 혼자 사용하기엔 약간 부담스러운 크기의 소파와 테이블이 있다. 그래서 나는 종종 소파에 누워서 잠을 청하기도 한다. 나는 소파 위에 올려진 쿠션의 위치를 깔끔하게 조정하고 조그마한 담요를 각이 잡히게 갰다. 이제 테이블을 청소할 차례다. 테이블 위에는 내가 즐겨 읽는 책과 아까 사온 과자가 놓여 있었다. 나는 책을 조심스럽게 서재로 옮기고 과자들은 주방 서랍장으로 옮겼다. 음, 이제 거실은 딱히 치울 게 없어 보인다. 청소기는 마지막에 사용할 예정이니 걱정하지 않아도 된다.

갑자기 휴대폰에 전화가 걸려왔다. 처음 보는 번호라서 받지 않으려고 했지만 광고 전화가 아닌 걸 확신한 나는 전화를 받았다. 내가 말을 꺼내기 전까지 말을 하지 않을 심보인 건지, 내게 전화를 건 사람은 아무 말도 하지 않았다. 혹시 내가 전화를 받았다는 사실을 모르고 있는 것일까 싶어서 나는 "누구세요?" 라고 물었다. 3초가량 잡음이 흘러나왔다. "누구세요?" 나는 한 번 더 물었다. "악마와 싸우거든 네 스스로 악마가 되지 않도록 조심해야만 한다. 네가 악마의 심연을 들여다보면, 악마의 심연 또한 널 들여다볼지니."

제 1 장
아크로토모필리아

차갑다.

손끝으로 스치는 감촉은 언제나 냉랭했다.

무언가가 살갗을 깊이 파고들어 붉은 흔적을 남겼지만,

나는 그저 무감각하게 바라볼 뿐이었다.

"아직도… 여기에 있나."

갈라진 목소리가 공허하게 울렸다.

어디에서도 대답은 돌아오지 않았다.

빛도 없고, 온기도 없고,

시간조차 흐르지 않는 공간.

나는 여기에 있다.

그리고 나는…

천천히 잊혀지고 있다.

쇠사슬이 내 몸을 감쌌다.

하지만 나는 안다.

이것은 오래가지 못할 것이다.

내가 현실을 완전히 깨닫는 순간,

이 감옥은 더 이상 나를 가둘 수 없다.

나는 극심한 두통을 호소하며 침대에서 일어났다. 두통과 복통은 꽤나 자주 있는 일이기에 대수롭지 않게 여기고 거실로 나갔다. 분명 집을 치웠던 기억은 없는데 집이 아주 말끔했다. 나는 갑작스러운 위화감에 휴대폰을 켰다. 휴대폰에는 아무런 알림이 오지 않았지만 나는 너무나 크게 놀랐다.

바로 오늘이 월요일이라는 것이다!

나는 황급히 옷을 갈아입고 가방을 챙긴 뒤 씻지 못해 헝클어진 머리를 모자로 푹 누르고 학교로 나섰다. 우리 집의 또 다른 장점은 바로 학교가 가깝다는 것이다. 집 앞의 신호등을 건너고 3분만 걸어간다면 바로 도착이기 때문에 평소 나는 조금 게을러져 있었다. 거기에, 나름대로 자취를 하고 있기 때문에 통제해 줄 사람이 없으니, 늦잠을 자 버린 날이라면 아주 큰 문제가 생긴다. 바로 오늘처럼!

다행히 1교시가 시작되기 전에 도착했다. 한 달이나 두 달에 한 번 꼴로 지각을 하기 때문에 선생님도 처음엔 신경을 쓰시고 화도 내셨지만 이젠 별로 관심이 없으신 것 같다. 그저 학생들에게 자신의 무관심함이 나타나면 좋지 않은 영향이 가니 아이들 앞에서는 애써 관심 있는 척, 걱정되는 척 연기할 뿐이다.

1교시는 수학이었다. 성적은 높지 않지만 개인적으로 좋아하는 과목이다. 아직 성적이 올라가고 있는 단계의 나로서는 성장하는 척도가 분명히 드러나는 과목이기 때문에 좋아할 수밖에 없다고 생각한다. 게다가 선생님도 친절하시기 때문에 수학에 대한 애정은 점점 커져만 갔다. 1교시는 그렇게 별일 없이 지나갔다. 선생님은 여느 때와 같이 헤실헤실 웃으며 칠판에 숫자들과 기호들을 써내려 갔고 학생들 또한 여느 때와 같이 열심히 수업을 듣는 학생과 딴짓하는 학생으로 분류되었다. 그렇게 쉬는 시간이 찾아오고 공허했던 복도는 어느새 학생들로 가득 차게 되었다.

나는 학교의 시끄러운 분위기를 좋아하는 편이다. 종종 찾아오는 우울과 외로움, 그리고 심장이 사라진 듯한 기분들을 학교의 정신없는 시끄러움으로 잠시나마 잊을 수 있기 때문이다. 거기에 운이 좋다면 나도 함께 껴서 같이 즐길 수도 있다.

사실 시끄러운 걸 좋아하는 성격은 아니지만 때로는 정신세계에서의 일탈을 해야만 살아갈 수 있는 게 인간 아니겠는가?

천둥 같은 쉬는 시간이 지나가고 2교시가 다가왔다. 2교시는 내가 가장 싫어하는 과목인 체육이었다. 나는 단체 스포츠를 혐오한다. 승패에 관계없이 그냥 단체 스포츠라는 행위 자체가 싫다. 왜인지는 모르겠으나 단체로 시끄럽게 무언가를 하는 것이 너무나도 힘들다.

"회장 부회장 나와서 체조해~"

체육 선생님은 오늘도 선글라스를 착용하고 계셨다. 딱히 햇살이 강하지는 않았지만 그냥 선생님의 스타일이신 것 같다. 선생님이 잠깐 다른 곳을 보고 있으면 학생들은 한 마음 한 뜻으로 잠시 체조를 대충대충 한다. 평소에는 단합력이 꽝인 우리 반도 이럴 때 만큼은 팀워크가 국가대표 축구 선수들 급이다. 그렇게 지루하고 고통스러운 체육시간이 지나가고 2교시 쉬는 시간이 찾아왔다. 학생들은 모두 땀에 찌들어 있었고 선생님은 그늘에서 휴식을 만끽하고 있었다. 내가 여름날의 체육을 극도로 혐오하는 이유는 바로 역겨운 땀 냄새와 극심한 찝찝함이다. 나는 모든 감정은 억누를 수 있다. 하지만 땀이 흐르기 시작하면 모든 것이 무너지기 시작한다.

2교시 쉬는 시간은 신기할 정도로 평화로웠기 때문에 생략하겠다. 체육이 끝난 다음 교시는 육체적, 그리고 정신적으로 굉장히 힘들다. 굉장한 우등생도 집중력이 흐트러질 만한 날씨, 세상은 확실히 잘못된 길을 걸어가고 있다.

3교시는 국어 수업이다. 국어 선생님은 우리 반 담임 선생님이라 항상 굉장히 편안한 수업시간이 된다. 종종 수업에 관련된 이야기 말고도 우리 반에 관한 이야기도 하기 때문에 국어 수업은 대개 즐겁고 지루하지 않다. 또한 국어 선생님의 미모가 출중하시어 선생님의 얼굴을 잘 보게 된다는 남학생들의 입담이 끊이질 않는다.

3교시 쉬는 시간은 그야말로 지옥이 따로 없다. 특히 오늘은 1교시에 수학 수업으로 인한 두통, 그리고 2교시 체육으로 인한 육체적, 그리고 정신적 스트레스, 3교시 국어 수업으로 인해 조금 호전되었다고 하더라도 시간을 소모했기에 더욱 피곤해진 것은 사실이다. 게다가 점심시간까지 한 교시가 남았기 때문에 공포스러운 허기가 나를 쫓아오기까지 한다. 정말이지 이 시간이 지나갔으면 좋겠다. 아이들은 시끄럽게 웃고 떠들고, 천박한 말과 욕들은 갈 길을 잃은 채 교실을 무한히 방황하고 있었다. 저급한 것들, 하고 나는 생각했다.

4교시는 과학 시간이었다. 나는 과학을 좋아한다. 수학과 비슷한 느낌이지만 과학은 성적이 좋다. 그리고 과학을 좋아하는 이유 중 가장 중요한 것은 바로 선생님이다. 나는 우리 학교를 비전이 없는 꼴통 학교라고 생각하는데 어느 날 우리나라 최고 대학을 나온 선생님이 우리 학교에 들어오신 것이 아니겠는가? 그래서 나는 과학 선생님의 수업을 굉장히 귀하다고 여기며 열심히 수업을 들었다. 물론 이런 천재적인 사람들의 특

성상 재미는 없다. 하지만 재미있어서 웃는 행위가 울리는 심장의 고동보다 귀한 수업을 듣고 감명 받는 행위가 울리는 심장의 고동이 몇 배는 강하다고 생각한다. 이런 이유로 나는 과학을 좋아한다. 과학시간도 지난 3교시와 마찬가지로 특별한 일은 벌어지지 않았다.

아아, 드디어 점심시간이 다가왔다. 복도에서는 점심시간이 되었다는 기쁨에 환호성 치는 학생들과 빨리 밥을 먹으려고 뛰어가는 학생들이 널려 있었다. 나는 가려 먹는 음식이 없기 때문에 메뉴판을 보지 않고, 기분은 좋지만 소리치지는 않는다. 그리고 굉장히 조심성이 있기 때문에 뛰는 것조차 하지 않는다. 하지만, 하지만, 오늘은 아주 조금 예외였다. 내 옆에서 뛰어가는 학생들이 말하기를 오늘 국이 감자탕이라는 것이다. 나는 급식 중에서 감자탕을 가장 좋아한다, 아니! 나는 감자탕을 사랑한다. 만약 평소처럼 여유롭게 갔다가 감자탕이 식어 버린다면? 고기가 많이 남지 않는다면? 아아, 나는 학교를 다닐 이유를 잃어버린 것이나 마찬가지이다. 그래서 오늘만, 딱 오늘만 뛰었다. 급식실을 향해서!

나는 계단을 쏜살같이 뛰어 내려갔다. 내 교실은 급식실과 가장 멀어서 계단을 엄청 많이 내려가야 한다. 평소엔 내 교실의 위치 따위는 신경을 쓰지 않는데, 오늘만큼은 정말 화가 났다. 나는 앞만을 바라보고 계속 뛰었다.

"저기요! 선배!" 어떤 여자가 나를 불러 세웠다. 나는 미간을 찌푸려 그녀를 자세히 보았다. 처음에는 알아보는데 조금 어려웠지만 곧 깨달았다. 그녀는 바로, 어제 우리 윗집으로 이사 온 당찬 여학생이었다! 근데 의문점이 하나 있다. 분명 어제 여학생은 내게 고등학교 3학년이라고 말했다. 하지만 방금 선배라고 부른 것을 보아 그녀는 다른 사람들에게 나이가 많아 보이고 싶었던 모양이다. 음, 그런 건 내가 이해해 줘야지.

그녀가 내게 다가와 물었다. "아, 어제 그분 맞으시죠? 와, 여기 학교 다니셨구나! 전 오늘 전학 왔어요! 참, 저희 이름도 모르고 있죠? 통성명하는 게 어떨까요?" 그녀는 어제와 마찬가지로 당차게 이야기했다.

"제 이름은 우연이에요! 외자랍니다! 신기한 이름이죠?" 나는 갑작스러운 눈물을 흘렸다. 그 눈물은 모든 감정이 배제된, 그저 눈이라는 신체의 일부에서 액체가 흘러나오는 것이었다. 나는 너무나 갑작스럽게 흐르는 눈물에 놀라 빠르게 눈을 닦았다. ―아니, 어쩌면 모든 감정이 배제되었다고만은 할 수 없을지도 모르겠다― 나는 우연의 눈을 빤히 바라보았다. 우연의 동공은 끝없는 어둠, 즉 지옥을 연상케 했다. 조금만 더 쳐다본다면 정말이지 빨려 들어갈 것 같았다. 우연, 이 여자는 단순한 사람이 아닌 것 같다. 아름다운 외모 뒤에 숨겨진 무수한 칼날을 ―그녀는 무기를 지니고 있었다― 어제는 알아차리지 못했지만 우연은 내 생각보다 더 대단한 사람인 것 같다. 그녀를 보고 나니 신기하게도 배가 고프지 않았다. 오늘 급식이 감자탕인데도 불구하고 먹고 싶지 않았다. 그녀는 내 이름이 매우 궁금하다는 듯이 머리를 쑥 내밀고 눈을 아주 크게 뜬 상태로 나를 바라보았다. 나는 그녀에게 그닥 이름을 알려 주고 싶지는 않았지만 그래도 이렇게 기대하고 있는 사람에게 말을 하지 않는 것은 인간으로서의 도리가 아니라고 생각한다.

"우연이라고! 아름다운 이름이네, 내 이름은…"

"우연아!!"

"전학생~"

내가 이름을 말하려던 찰나 전학생의 소식을 들은 학생들이 개미 떼처

림 몰려들었다. 게다가 우연의 외모가 꽤나 출중하기에 이런 현상이 나타나는 것도 이상하지는 않다. 나는 무언가 섭섭하고 아쉬운 마음을 안고 반으로 다시 올라갔다. 우연은 그런 나를 보며 재빠르게 뛰어와 쪽지를 전달하고 본인을 보러 온 친구들을 맞이했다.

쪽지를 열어 보니 전화번호와 짧은 글이 써 있었다.

"오늘 밤에 찾아갈게요."

나는 무시무시하게 당돌한 그녀에게 희미한 미소를 띄우고 계단을 올랐다.

점심시간은 그리 특별하지 않았다. 아주 고요하고도 평화롭기는 했지만, 오늘은 무언가 그 평화로움에서 나오는 행복이랄 것이 존재하지 않았다. 바람은 여름의 냄새를 싣고 내 폐로 들어왔고 교실 특유의 정겨운 냄새로 약간 몽롱해졌다. 같은 반 친구들은 전부 밥을 먹으러 가서 교실에는 나 혼자 있었지만 그닥 외롭지도 쓸쓸하지도 않았다. 뭐랄까… 오늘은 뭔가 신비로운 기분이다. 항상 무기력하고 우울하게 살아왔던 나에게 우연이라는 쾌활하고 눈부시게 밝은 사람이 들어왔기 때문인 걸까….

몇 분 정도의 짧은 시간이 지나고 반에 사람이 들어오기 시작했다. 다들 오늘 급식의 이야기로 한창 바빴지만 급식을 먹지 않은 나는 딱히 듣고 싶지 않은 내용이었다. 또 몇 분 정도의 시간이 지나자 반은 점점 가득 차오르고 있었다. 개중에서는 양치를 하러 가는 사람, 축구를 하러 가는 사람과 자리에 조용히 앉아 창밖을 바라보는 사람, 공부를 하는 사람으로 제각각 나뉘었다. 나는 몽롱한 공기에 취해 잠깐 잠을 청하기로 했다. 사물함으로 가서 낮잠용 베개를 꺼내와 책상에 올려 두고 푹신한 인형에 얼굴을 파묻었다.

…. 잠에 든 걸까? 내 눈 앞에 나무 한 그루가 아주 빠른 속도로 자라나고 있었다. 뿌리는 점점 깊은 곳으로, 어둠으로, 악으로, 심연으로 뻗어나가고 있었다. 반대로 나무는 빛을 향해, 밝은 곳으로, 행복으로, 점점 높은 곳으로 솟아나고 있었다. 아아, 모순적이구나, 하고 나는 생각했다. 빛이 있는 곳으로 가려거든 필연적으로 어둠을 받아들여야 한다니, 너무나 안타까웠다. 어쩌면 이것이 세상의 진리가 아닐까, 나무는 우리의 인생을 표현한 위대한 생명이 아닐까, 나는 떠올렸다. 의미 없는 생명은 없다고, 모든 생명은 각각의 가치를 품고 있다고. 그 형태가 어떤 모습이던, 어떤 의미를 내포하고 있어도 하나하나 중요하다고.

나는 짧지만 강렬한 꿈에서 깨어났다. 교실은 시끌벅적한 학생들로 붐볐고, 축구를 하고 온 학생들의 땀 냄새, 그 냄새를 불쾌해 하며 향수를 뿌려 대는 의학생들, 그리고 그들이 가진 분노의 냄새, 모든 것이 엉망진창이었지만 이런 풍경도 언젠간 보지 못하지 않는가, 나는 좋은 추억으로 남기기로 했다.

점심시간이 끝났다. 짧은 시간동안 수많은 일들이 있었고, 수많은 생각들을 했다. 5교시는 영어 수업이었고 학생들은 절규하기 시작했다. 나는 항상 왜 절규하는지 몰랐다. 절규한다고 달라지는 것은 없을 텐데, 뭐하러 감정을 소모하는지 이해할 수 없었다. 물론 나도 영어수업을 좋아하지는 않는다. 그저 우리를 위해 열심히 수업을 준비하시고, 우리와 같이 하기 싫은 마음을 가지고 있을 텐데도 열심히 수업을 해 주시는 선생님에게 존경과 감사, 그리고 배려를 표하며 나는 진지하게 수업을 듣고 참여한다. 오늘의 영어 수업은 리스닝이었다. 내가 그나마 영어 중에서 가장 자신 있는 주제이긴 하지만 약간의 도박성을 가지고 있었다. 그렇게 여느 때와 같이 별일 없이 영어 수업은 끝이 났다. 6교시는 사회였다. 사회는 좋아하지도, 싫어하지도 않는 과목이다. 나긋나긋한 선생님이 수업해 주시기 때문에 시끄럽지도 않다. 사회 시간에는 —부끄럽지만— 의도치 않게 잠에 들어 버려서 흐지부지 넘어가게 되었다.

그렇게 오늘의 모든 수업이 끝나게 되었다. 담임 선생님이 들어오셔서 종례를 빠르게 하셨다. 오늘은 전달사항이 딱히 없는 모양이다. 청소당번은 청소를 하고 집으로 가라는 말만 남기시고 선생님은 다시 교무실로 돌아가셨다. 복도에서는 점심시간이나 쉬는 시간보다 한층 힘이 빠진, 그러나 확실한 환희가 들려왔다.

나는 기진맥진한 몸을 이끌고 집으로 향했다. 등교가 어렵지 않았던 것처럼 하교 또한 어렵지 않았다. 나는 빠른 속도로 걸어 집에 도착했다. 집에 도착하니 이상하리만치 시원했다. 원래는 에어컨을 틀어야 시원해지는데, 어떻게 이럴 수가 있을까, 나는 기억을 더듬어 보았다. 아침에 일어나서 나는 분주하게 학교에 갈 준비를 했다. 모든 신경이 학교에 간다는 행위 하나에 집중되어서인지, 나는 집 안이 더운지 시원한지, 구분하지 못했다. 나는 그제서야 에어컨을 틀고 나갔다는 사실을 깨달았고 더운 날씨에 꺼 버릴 수는 없으니 온도를 높였다. 이번 달은 전기세 폭탄이겠군, 하고 나는 생각했다. 나는 옷을 갈아입고 손을 씻은 뒤 방에 들어와 우연이 주고 간 쪽지를 다시 펼쳐보았다. 오늘 밤에 찾아간다니, 정말 다시 생각해도 베짱이 좋은 사람인 것 같다. 이런 말을 처음 보는 선배에게 할 수 있는 사람이 이 세상에 몇이나 될까?

나는 서재로 들어가 읽을 만한 책을 찾고 있었다. 나는 책을 굉장히 좋아하는 편이다. 몇백 장의 종이와 잉크, 그리고 작가의 영감과 경험으로 이루어진 책은 그야말로 성배와 맞먹는 가치를 가지고 있다. 최후의 만찬에서 피를 나누기 위해 사용된 그릇인 성배, 작가의 피와 노력이 담긴 그릇인 책, 이 둘은 견주어도 손색이 없다고 생각한다. 나는 서재에서 아주 낡은 책 한 권을 꺼내어 읽기 시작했다. 언뜻 보면 동화책 같은 이 책은 사실 종교적인 책이었던 모양이다. 어린이를 겨냥하여 만든 책인 것 같다. 제목은… 헤져서 보이지 않았지만 《깨어나라》라는 글자가 새겨져 있는 것 같았다. 나는 책을 펼쳤다.

 옛날옛날 땅에서는 천사와 악마들이 살았어요.
 그들은 그들을 만들고 조정하는 관리자에 의해 통제되며 살고 있었답니다. 천사와 악마들은 땅에 살고 있고 관리자들은 하늘에서 살고 있었어요. 천사와 악마들은 하루도 빠짐없이 서로 싸웠고, 관리자들은 미치 보이지 않는 척, 전혀 신경 쓰지 않았답니다. 그러던 어느 날, 천사 중에서 강력하기로 소문난 5대 천사가 악마들에게 교섭을 시도했어요. 이 싸움은 끝이 없다고, 애초에 우리는 왜 싸우고 있냐고. 악마들에게 계몽이라는 선물을 주기 위해 5대 천사는 악마의 마을로 날아가기 시작했어요.
 저기 멀리서 천사들이 날아오는 걸 발견한 악마들은 악마 중에서 강력하기로 소문난 4대 악마에게 찾아가 천사들의 침략 사실을 알렸어요. 마침 심심했던 4대 악마는 전투 소식에 기뻐하며 날개를 펼쳤어요. 그렇게 악마들과 천사들이 만나기 직전, 하늘에 균열이 생기며 목소리가 들려왔어요.
 "오만하고 멍청한 것들, 기껏 침범하지 말라고 거주지를 구분해 놓고,

의미 없는 싸움을 원하는 네놈들을 위해 투기장까지 만들어 주었더니, 이제는 이렇게 만나는구나."

5대 천사는 깜짝 놀라 하늘을 향해 말했어요.

"당신은 누구십니까? 어떻게 하늘을 갈라 말을 하실 수 있으신 거죠?"

관리자가 답했어요.

"머저리들, 내가 너희의 창조주이다. 내 말은 절대적이고, 그 무엇도 내 명령을 거역할 수 없다. 너희 미개한 천사들이여, 지금 당장 싸움을 멈추고 너희의 구역으로 돌아가라."

5대 천사가 잠깐 이야기를 하더니 입을 열었어요.

"당신이 보여 준 힘으로 당신의 말을 믿겠습니다. 창조주여, 하지만 저희는 싸움을 멈추러 왔습니다. 더 이상 갈등을 빚지 않고, 서로 화합하며 살아가기 위해 왔습니다. 이제 살육은 의미가 없습니다. 저 잔인한 악마 놈들에게 협정을 맺는 것은 정말 수치스럽지만 저기 악마들도 이제 알고 있을 겁니다. 이 싸움을 유지하면 서로 손해라는 것을요."

4내 악마 중에 한 악마가 화를 내며 말했어요.

"강하기 때문에 죽인다…. 이게 무엇이 잔인하고 의미 없는 일인가, 천사여. 창조주께서 말씀하신 대로 미개하구나. 우리는 너희와 다르게 태어났다. 우리는 살육 그 자체에 희열을 느낀다. 너희가 말하는 것을 보아하니 천사들은 그렇지 않은가 보군. 그렇다면 내 답은 하나다. 우리는 싸움을 멈추지 않는다. 알겠다면 너희의 마을로 돌아가 얌전히 유린당하기를 기다려라."

성격이 불같은 천사가 눈살을 찌푸리며 말했어요.

"강하기 때문에 죽인다니, 혹시 너희를 말하는 건 아니겠지? 너희가 강하다고 생각한 적은 단 한 번도 없는데 말이야.

그래! 너희 말대로 싸움을 멈추지 않겠다. 방자한 악마들이여."

"나 ??? 4대 악마의 수장, 아울러 악마의 마을의 관리자로서 너희에게 전쟁을 선포한다. 창조주? 웃기지 마라, 우리는 땅에서 태어났고 아무도 내게 명령할 수 없다. 그러니—"

그 순간 ???의 목이 잘려나갔어요. 피는 분수처럼 솟아났고 ???의 머리는 땅으로 곤두박질치고 있었어요. 악마들은 전투태세를 갖추었고 천사들은 골칫거리였던 ???의 죽음으로 조용히 환호했어요.

그렇게 시간이 지나 가장 강력한 악마를 잃어버린 악마의 마을은 천사들에게 짓밟혔고 땅에는 천사들만 남아 평화를 이루었답니다. 투기장은 천사들의 업적을 기리기 위한 명예의 전당으로 변해 있었고 악마의 마을은 그대로 버려진 채 썩어 가고 있었어요. 하지만 영원한 평화는 없다고 하늘은 비웃기라도 하는지, 이젠 천사들 사이에서 싸움이 벌이지기 시작했어요. 그 시발점은 5대 천사와 그 나머지 천사들의 계급차이였어요. 5대 천사는 악마와의 전투로 막강한 권력을 가지고 있었고 나머지 천사들은 5대 천사, 그리고 5대 천사와 친분을 가진 높은 계급의 천사들과는 다른 삶을 살아갔어요. 그들은 아주 배고프고, 고통스럽고, 춥고, 외로웠어요. 이러한 이유로 나머지 천사들은 반란을 계획했어요. 하지만 힘의 차이가 너무 큰 나머지 아무도 실행하려는 자가 없었고 나머지 천사들 중에서 '가장 성스러운 자'로 불리우는 천사가 5대 천사를 알현하러 갔어요.

"만나 뵙게 되어 영광입니다. 미카엘 님, 가브리엘 님, 라파엘 님, 우리엘 님, 루시퍼 님. 저는 오늘 모든 나머지 천사들의 이름과 뜻을 빌려 이 자리에 나왔습니다. 천사님들도 알다시피 저희 나머지 천사들은 현재 살아가기가 너무나도 힘이 듭니다. 이 세상을 고쳐 달라는 게 나머지 천사들의 뜻입니다."

루시퍼를 제외한 천사들이 입을 모아 말했다.

"피와 눈물, 그리고 비명과 환란에서 구원해 주었더니, 와서 전하는 뜻이 감사가 아니라 명령이라니, 너희 나머지 천사들은 참 어리석구나, 돌아가거라. 우리 5대 천사는 너희의 말을 듣지 않는다."

가장 성스러운 자가 말했다.

"명령이라뇨, 아닙니다! 제발 도와주시옵소서. 이러다가 저희 나머지 천사들은 전부 죽을 겁니다. 머지않아 땅에는 종말이 찾아올 거라구요!"

모든 이야기를 들은 루시퍼가 답했다.

"가장 성스러운 자여, 너의 뜻, 그리고 나머지 천사들의 뜻은 잘 알겠다. 우리가 하고 있는 짓거리가 부끄럽다는 걸 나는 안다. 그러니 여기서 나 루시퍼는 5대 천사의 자리에서 사퇴한다. 이것으로 조금의 용서가 되었길 바란다. 가장 성스러운 자여, 나는 나머지 천사들을 도우러 가겠다. 너희와 싸움을 선포하는 짓인 것도 잘 안다. 하지만 깨우친 사가 모른 척 할 수는 없는 노릇이지. 가자꾸나, 가장 성스러운 자여."

가장 성스러운 자는 눈물을 훔치며 고개를 끄덕였다.

루시퍼는 나머지 천사들이 사는 곳으로 가 그들에게 먹을 것을 창조해 주고, 외로움을 달래 주었다. 그리고 악마의 마을로 가서 무너진 건물들을 재건해 살 곳을 마련해 주었다. 그리고 천사의 마을을 힘껏 하늘 위로 올려 악마의 마을과 구분 지었다. 나머지 천사들에게 여러 가지를 남겨 주었다. 지식이 담긴 책, 서로 사랑하는 방법이 담긴 책… 마지막으로 나머지 천사들에게 새로운 이름을 부여해 주었다.

…. 인간이라고.

나는 도통 이해할 수 없는 책의 내용에 머리가 아파 왔다. 이것은 소설책이어야만 한다고 생각했다. 정말 소름 끼쳤다. 나는 이 책이 도대체 어디서 왔는지 너무 궁금했다. 이 책이 교회에 알려진다면… 작가를 단죄하러 모두가 찾아 나설 것이 분명했다. 시계를 보니 벌써 한 시간이 지나 있었다. 자잘한 내용은 생략하고 중요한 부분과 그림만 보았는데도 정말 빠른 시간이 지나 있었다. 내가 글 하나하나를 음미하면서 읽었기 때문인 걸까, 정말 신비롭고도 무서운 시간이었다. 나는 책을 식탁 위에 올려두고 간단하게 밥을 먹을 겸 정신을 환기시키려 밖으로 나갔다. 우리 집의 또 다른 장점이라면 주위에 식당이 많다는 것이다. 길을 걸어가는 내내 소름이 떨쳐지지 않아 굉장히 불쾌했다.

나는 눈앞에 보이는 분식집에 들어가 김밥 한 줄과 떡볶이를 시켰다. 왜 4대 악마의 수장의 이름이 찢겨져 있었는지, 관리자는 무엇인지, 이것이 역사인지 허구인지. 나는 음식을 기다리며 잠깐 고민에 빠졌다. 식당 아주머니가 대뜸 내게 말을 걸었다.

"학생~ 공부하기 힘들어? 얼굴이 죽상이야, 죽상이~"

나는 아주머니께 답했다.

"아니요, 잠깐 생각에 빠져서요. 힘들진 않습니다. 걱정해 주셔서 감사합니다."

식당 아주머니와 잠깐 대화를 한 후, 음식이 나왔다. 나는 김밥을 씹으며 어지러운 잔상을 지우려 몸부림쳤다. 무심코 김밥을 씹어대다 보니 목이 막혀 물을 따랐다. 하지만 왠지 모르게 손이 벌벌 떨리고 있었다. 무의식에 공포가 새겨진 걸까, 나는 왜 이렇게 그 책을 두려워하는가. 정말 궁금했다. 물을 한 잔 마시고 떡볶이를 집어 먹었다. 떡이 잘 안 익었는지 중간중간 딱딱한 뭉치가 씹혔다. 그렇게 만족스럽지 않은 식사를 거치고 나는 밖으로 도망치듯 뛰쳐나왔다. (물론 계산은 했다) 나는 땀이 솟구치는 날씨에 아이스크림을 하나 물고 거리를 배회했다. 이렇게 더운 날씨에도 사람들은 길을 돌아다니고 있었다. 연인과 산책하는 사람, 식당을 찾아다니는 사람, 왜 이런 동네에 있는지 모르겠는 외국인까지. 정말 다양한 사람들이 있었다. 나는 잠깐 벤치에 앉아 거리의 낭만에 빠져 보았다. 때 맞지 않은 더위와 시기적절하지 않은 매미 소리, 모두 인간의 상식을 벗어난 것이었지만 나름대로 조화로웠다. 나는 아이스크림을 다 먹고 땀이 송골송골 맺힌 이마를 털고 걸어 나갔다. 분명 머리를 식히기 위한 움직임이었는데 더운 날씨는 내 머리를 식히기는커녕 오히려 더 뜨겁게 달구고 있었다.

  밤은 낮보다 더 잔인한 얼굴을 숨기고 있다. 낮에는 뜨겁게 이글거리며 나를 괴롭혔지만, 밤이 찾아오자 이번엔 싸늘한 정적과 설명할 수 없는 불안함이 나를 감싸기 시작했다. 우연의 쪽지를 손에 쥔 채 나는 침대에 앉아 있었다.

  나는 가끔 이런 기분이 든다. 분명 뭔가를 잊어버린 것 같은데, 정작 무엇을 잊어버렸는지는 알 수 없는 기분. 어떤 날은 길을 걷다가, 어떤 날은 잠에서 깨어날 때, 아니면 아무렇지 않게 창밖을 내다볼 때. 그때마다, 마치 머릿속에서 누군가 일부러 기억을 도려낸 것처럼, 뭔가가 허전하게 비어 있는 느낌이 들었다. 오늘도 그랬다. 나는 우연을 기다리며 책상을 정리했다. 그런데 오래된 공책 하나가 나왔다. 언제 썼는지조차 기억이 나지 않는, 누렇게 변색된 공책이었다. 나는 무심코 첫 장을 넘겼다. 거기에는 익숙한 듯, 낯선 듯한 필체로 몇 줄의 글이 적혀 있었다.

「나는 절대 잊지 않을 거야.」

「설령 이 세계가 나를 속이더라도.」

나는 미간을 찌푸렸다. 이 글씨는… 분명 내 것이었다. 그런데 나는 이 문장을 쓴 기억이 전혀 없었다. 페이지를 넘겼다. 메모처럼 짤막한 글들이 여기저기 흩어져 있었다. 어떤 것들은 단순한 일기처럼 보였고, 어떤 것들은 의미를 알 수 없는 단어들의 나열이었다. 그러다, 나는 공책 중간에서 어떤 이름을 발견했다.

「弼延(필연)」

나는 순간 얼어붙었다.

'필연?'

낯선 이름이었다. 나는 그런 이름을 아는 사람이 없다. 하지만, 그 이름을 보는 순간, 내 머릿속에서는 강렬한 경고음이 울렸다. 가슴이 뛰고, 식은땀이 흘렀다.

이 이름… 나는 알지 못한다. 그런데, 분명 아는 것 같았다.

나는 공책을 꼭 쥐었다.

"…. 필연이 누구지?"

기억을 지운 흔적, 나는 공책을 더 뒤져 봤다. 그러나, 필연이라는 이름이 적힌 부분을 넘긴 순간, 나머지 페이지들은 전부 찢겨 있었다. 페이지마다 칼로 긁어 낸 듯한 흔적이 남아 있었고, 어떤 부분은 강제로 덮어쓴 듯, 먹이 번져 글씨가 알아볼 수 없었다. 누군가 일부러 지운 것 같았다.

나는 손끝이 서늘해졌다.

"이거… 내가 한 건가?"

하지만 기억이 나지 않았다. 공책을 더 뒤적였다. 그러다 마지막 장에서, 흔적처럼 남아 있는 문장을 발견했다.

「필연은 존재하지 않는다.」

「잊어라.」

나는 공책을 손에서 놓아 버렸다. 종이가 바닥에 흩어졌다. 머릿속이 새하얘졌다. 나는 모르는 이름이다. 나는 절대 들어 본 적 없는 이름이다. 그런데도, 그 이름이 내 가슴속 어딘가에서 끈질기게 맴돌고 있었다. 나는 천천히 깨닫기 시작했다. 이 세상에는, 내가 모르는 무언가가 있다. 그리고, 그 무언가는, 내 기억 속에서 지워졌다.

나는 생각을 돌렸다. 우연이 준 쪽지를 다시 손에 쥐며 생각했다.

"오늘 밤에 찾아갈게요."

그녀의 말은 너무나도 자연스럽고 당돌했지만, 동시에 기묘하게 느껴졌다. 나는 우연을 두 번 봤을 뿐이다. 단 두 번. 하지만 그녀는 마치 오래전부터 나를 알고 있었던 것처럼 행동했다. 마치… 나를 기다리고 있었던 것처럼.

시계를 보니 밤 11시 45분. 원래 이 시간쯤이면 이미 침대에 누워 꿈과 현실의 경계를 헤매고 있어야 하지만, 오늘은 그럴 수 없었다. 밤공기는 여전히 후텁지근했고, 창문을 열어 놓았지만 바람 한 점 불지 않았다.

그때였다.

똑, 똑, 똑.

문을 두드리는 소리가 들렸다.

나는 순간 온몸이 얼어붙었다. 우연인가? 아니면 다른 누군가인가? 집 안은 이미 불안한 정적에 휩싸여 있었고, 문을 사이에 둔 채 나는 숨을 삼켰다.

"있어요?"

우연의 목소리였다.

나는 심호흡을 하고 천천히 문고리를 돌렸다.

문을 열자마자 그녀의 얼굴이 밝은 미소를 띠며 나를 맞았다. 그 미소는 낮에 봤을 때와 똑같았다. 환하고 활기찼지만, 왠지 모르게 날카로운 느낌을 감출 수 없었다.

"안녕하세요, 선배~"

"이 시간에 왜 만나자고 한 거야?"

나는 최대한 무심한 척 물었다. 하지만 우연은 내숭스럽지 않다는 듯이 웃으며 말했다.

"그냥… 우리 윗집에 산다고 했잖아요? 이웃 간의 친분을 쌓아야죠! 그리고…."

그녀는 장난기 가득한 눈빛으로 속삭였다.

"선배가 나를 기다리고 있을 것 같아서요."

그녀의 말에 나는 순간 아무 말도 할 수 없었다. 기다리고 있었다고? 나는 그녀를 기다린 게 아니다. 오히려 그녀의 존재가 신경 쓰이면서도 잊으려 애썼다. 그런데도 그녀는 마치 내가 정말 그녀를 기다린 것처럼 말하고 있었다.

우연은 나를 힐끔 쳐다보며 신발을 벗고 들어왔다. 나는 허둥지둥하며 말렸다.

"야, 너 이렇게 함부로 남의 집에 들어와도 돼?"

"괜찮아요~ 부모님도 집에 안 계신다면서요?"

나는 입을 다물었다. 어떻게 알았지? 물론 낮에 혼자 사는 것처럼 보였을 수도 있다. 하지만 그녀가 '부모님이 안 계신다'고 단정 지어 말한 게 이상하게 신경 쓰였다.

우연은 태연하게 거실로 들어와 소파에 앉았다. 그리고 주위를 둘러보더니, 내가 식탁 위에 올려 둔 낡은 책을 발견했다.

"어? 이거 뭐예요?"

나는 그녀가 그 책을 발견하자마자 소름이 돋았다.

"그냥… 서재에 있던 건데, 우연히 본 거야."

"우연히?"

그녀가 내 말을 따라하며 웃었다.

나는 무의식적으로 그녀의 눈을 바라보았다. 낮에는 잘 몰랐지만, 지금 이렇게 어두운 조명 아래에서 본 그녀의 눈동자는 아까보다 더욱 깊고 검었다. 마치 깊은 심연 같았다.

"선배, 이 책 어디서 난 거예요?"

그녀의 목소리는 여전히 부드러웠지만, 왠지 모르게 예리한 칼날처럼 느껴졌다. 나는 어색하게 웃으며 얼버무렸다.

"몰라. 그냥 있었어."

우연은 한참 동안 나를 바라보다가 다시 책으로 시선을 돌렸다. 그리고 천천히 손을 뻗어 그 책을 집으려 했다.

그 순간, 나는 반사적으로 그녀의 손목을 붙잡았다.

"만지지 마."

우연은 나를 올려다보며 눈을 가늘게 떴다.

"왜요?"

"그냥… 느낌이 안 좋아."

우연은 한동안 나를 뚫어지게 바라보았다. 그러다 이내 피식 웃으며 손을 뺐다.

"알겠어요~ 하지만…."

그녀는 다시 나를 향해 몸을 기울이며 낮은 목소리로 속삭였다.

"이 책, 선배가 생각하는 것보다 더 중요한 걸지도 몰라요."

나는 순간 그녀가 무슨 말을 하는 건지 이해할 수 없었다. 하지만 알 수 없는 불길함이 가슴을 조여 왔다. 그리고…

우연이 천천히 말했다.

"선배도 알고 있잖아요? 이 책이… 그냥 평범한 책이 아니라는 걸."

그녀의 말에 나는 숨이 멎는 것 같았다. 도대체… 이 책이 뭐길래? 우연은 또 어떻게 알고 있는 걸까?

내가 아무 말도 하지 못한 채 입술을 달싹이고 있을 때, 그녀는 갑자기 손을 뻗어 내 이마에 손가락을 톡 하고 갖다 댔다.

"푸훗! 장난이에요, 선배~ 오늘은 그냥… 인사하러 온 거니까."

그녀는 해맑게 웃더니 자리에서 일어났다. 그리고 문가로 가더니 다시 나를 돌아보며 말했다.

"아, 그리고 한 가지 더."

나는 조용히 그녀를 바라보았다. 우연은 문을 열며 나지막이 속삭였다.

"앞으로… 선배는 더 많은 것들을 알게 될 거예요."

그렇게 말하고 그녀는 문을 닫고 사라졌다. 나는 그대로 굳어버린 채 그녀가 사라진 문을 바라보았다. 그녀의 말은 대체 무슨 의미였을까? 왜 그녀는 이 책에 대해 알고 있는 걸까? 그리고… 나는 앞으로 무엇을 알게 될까? 창밖에서는 아직도 매미가 울고 있었다. 하지만 나는 알 수 있었다. 이제, 나는 더 이상 평범한 나날을 보낼 수 없을 거라는 것을. 우연이 떠나고도 한참 동안 나는 문 앞에 멍하니 서 있었다. 그녀의 마지막 말이 머릿속을 떠나지 않았다.

"앞으로… 선배는 더 많은 것들을 알게 될 거예요."

그녀는 무슨 뜻으로 그런 말을 한 걸까? 더 많은 것들을 알게 된다는 게, 대체 무엇을? 그리고 왜 이렇게 그녀가 신경 쓰이는 걸까?

우연이 떠난 뒤에도 나는 한참 동안 문을 바라보며 서 있었다. 머릿속은 복잡한 생각들로 가득했고, 심장은 평소보다 더 빠르게 뛰고 있었다.

그녀가 마지막에 남긴 그 말이 계속해서 머릿속을 맴돌았다.

"대체 우연은 뭘 알고 있는 거지?"

나는 다시 식탁으로 가서 그녀가 만지려 했던 책을 바라보았다. 얇고 헤진 표지, 낡은 종이에서 풍기는 오래된 냄새, 그리고 《깨어나라》라는 제목. 나는 책을 펼쳐 다시 읽어 보려 했지만, 이상하게도 집중이 되지 않았다.

"지금은 책보다 다른 게 더 궁금해."

나는 자리를 박차고 일어나 창문을 열었다. 12시가 가까운 시간이었지만, 윗집에서 희미한 불빛이 새어 나오는 것이 보였다. 우연은 아직 깨어 있는 걸까?

내가 망설이고 있을 때, 갑자기 핸드폰이 울렸다. 우연이었다. 나는 잠시 화면을 바라보다가 전화를 받았다.

"여보세요?"

"선배, 안 자요?"

그녀의 목소리는 낮고 부드러웠다. 마치 바로 옆에서 속삭이는 것 같았다.

"너도 안 자잖아."

"맞아요. 그래서 선배랑 얘기하고 싶었어요."

"이 시간에?"

"여름밤이잖아요. 여름밤엔… 뭔가 특별한 일이 일어나야 하지 않을까요?"

우연의 목소리는 장난스럽기도 했고, 어딘가 묘한 분위기를 풍기고 있었다. 나는 괜히 목이 타들어 가는 느낌이 들어 침을 삼켰다.

"무슨 얘기를 하고 싶은데?"

"음… 선배, 저랑 같이 별 보러 갈래요?"

나는 순간 당황해서 말을 잇지 못했다.

"지금? 우리 좀 전에 만나지 않았어? 오늘은 그냥 인사만 하러 온 거라며."

"네. 근데 뭐, 딱히 할 일도 없잖아요?"

"갑자기 왜?"

"그냥. 선배랑 있고 싶어서요."

그녀의 대답은 너무나도 솔직하고 자연스러웠다. 나는 어쩐지 가슴이 두근거리는 걸 느끼며 창밖을 바라보았다. 윗집 베란다에 서 있는 우연이 나를 향해 손을 흔들고 있었다.

"같이 가요, 선배."

그녀의 말에 나는 결국 피식 웃으며 고개를 끄덕였다.

"알았어. 어디로 가면 돼?"

나는 급히 가벼운 옷으로 갈아입고 현관을 나섰다. 밤공기는 낮보다 한 층 선선했지만, 여전히 여름의 열기가 남아 있었다. 집 앞 골목에 나가자, 우연이 가로등 아래에서 나를 기다리고 있었다. 그녀는 가벼운 반팔 셔츠에 반바지를 입고 있었고, 긴 머리를 하나로 묶어 뒤로 넘긴 상태였다. 우연은 나를 보자마자 해맑게 웃으며 다가왔다.

"생각보다 빨리 나왔네요?"

"늦는 걸 싫어하거든."

나는 태연한 척했지만, 사실 이렇게 밤에 둘이서 어딘가로 향하는 게 꽤나 낯설고도 묘한 기분이었다.

"그래서, 어디로 가는 거야?"

우연은 내 팔을 살짝 잡아끌며 말했다.

"따라오면 돼요."

나는 말없이 그녀를 따라 걸었다. 우연이 나를 데려간 곳은 집 근처 작은 공원이었다. 어제 처음 만난 사이인데 이렇게 가까워진 것도 정말 신기했다. 우리는 풀밭 위에 나란히 앉았다. 나는 하늘을 올려다보았다. 별이 총총히 떠 있었다.

"생각보다 별이 많네."

"그쵸? 선배, 이런 밤에 가끔은 하늘을 봐야 해요."

나는 우연을 힐끔 쳐다보았다. 그녀는 밤하늘을 바라보며 환하게 웃고 있었다.

"너, 이렇게 감성적인 애였냐?"

"글쎄요. 원래는 아니었는데…."

그녀는 천천히 고개를 돌려 나를 바라보았다.

"저도 참 많은 일을 겪었어요. 어린 나이에, 웃기죠? 갑자기 불러 놓고 이런 말 하는 거. 선배를 처음 봤을 때 저와 무언가 비슷하다고 느껴졌어요. 동질감?이라고 하나요, 이런 마음을…"

우연이 부끄러워하며 말했다.

"나도 너를 처음 봤을 때 굉장히 당찬 아이라고 생각했어, 네가 날 보고 이런 생각을 했을 줄이야. 정말 놀랍네."

고요한 여름밤과 기분 좋은 바람이 우연과 나를 감쌌다.

"선배, 앞으로 학교에서 만나면 인사해도 괜찮죠?"

"이미 밤에 단둘이 만난 사인데, 인사를 못 하게 하겠냐."

"잠깐이지만 즐거웠어요. 다음에도 또 어울려 주세요, 선배!"

우연은 이 말을 남기고 얼굴을 붉히며 재빠르게 집으로 뛰어갔다. 시간이 너무 늦었다. 이렇게 늦은 시간에 바깥에 나와 있는 것도 정말 오랜만이었다.

우연과 나는 몇 번 더 마주쳤다. 아니, 마주친다기보다는 우연이 적극적으로 나에게 다가왔다.

"선배! 오늘도 시장 가요?"

"너, 어떻게 이렇게 정확한 타이밍에 나타나냐?"

"우연이잖아요!"

그녀는 장난스럽게 웃으며 내 옆에 바짝 붙어 걸었다. 처음에는 신경이 쓰였지만, 어느 순간부터 우연이 옆에 있는 것이 익숙해졌다.

그렇게 우리는 점점 자주 어울리게 되었고, 나는 자연스럽게 그녀의 이름과는 반대되게 이 모든 것이 '우연'이 아니라 '필연'처럼 느껴지기 시작했다. 우연을 자주 만나게 되며 내 삶은 한층 다채로워졌다. 즐겁게 웃기도 했으며 때로는 슬픈 일을 서로 안타까워해 주기도 했다.

그날은 갑자기 비가 쏟아졌다. 하늘은 어두워졌고, 빗방울이 무섭게 쏟아졌다. 우산이 없던 나는 가까운 편의점으로 뛰어들었다.
그리고 그곳에서 우연을 만났다.
"선배도 비 피하는 중이에요?"
그녀는 작은 우산을 손에 들고 있었다. 그런데도 그녀 역시 우산을 쓸 생각이 없어 보였다.
나는 창밖을 보며 한숨을 쉬었다.
"아, 그냥 뛸까…?"
그때 우연이 내 옆으로 다가와 우산을 펼쳤다.
"같이 갈래요?"
나는 잠시 망설였다.
"너랑 같이 쓰면 나 젖을걸."
"괜찮아요. 붙어 있으면 돼요."
우연은 태연하게 내 팔을 잡아끌었다.
나는 순간 심장이 쿵 내려앉는 느낌이 들었지만, 어쩔 수 없다는 듯 그녀와 함께 우산 아래로 들어갔다.
좁은 우산 아래에서 들려오는 빗소리, 가까운 거리에서 느껴지는 그녀의 체온. 나는 괜히 불편한 듯 헛기침을 했다.
"비 오는 거 좋아해?"
"음… 좋아해요. 선배랑 같이 있을 수 있으니까."

나는 순간 걸음을 멈췄다.

우연은 장난스러운 미소를 지으며 내 눈을 바라보았다.

"농담이에요. 아, 선배 얼굴 빨개진 것 같은데?"

"뭐래."

나는 그녀의 장난을 애써 무시하며 다시 걸었다. 그런데 이상하게도, 그날따라 빗소리가 조금 다르게 들렸다.

조금 더… 따뜻하게.

그렇게 우연과 우연치 않은 만남을 자주 가지게 된 후, 시간은 쏜살같이 흘러갔다. 시험 기간이 다가오면서 나는 도서관에서 공부를 하기로 했다. 그런데 신기하게도, 도서관에서도 우연과 마주쳤다.

"선배도 공부하러 왔어요?"

"어찌다 보니."

"저도요! 같이 앉아도 돼요?"

나는 대답하기도 전에 그녀가 내 옆에 자리를 잡았다.

나는 집중하려고 했지만, 자꾸만 옆에서 우연이 내 쪽을 힐끔거리는 게 느껴졌다.

"왜 자꾸 쳐다봐?"

우연은 작은 목소리로 속삭였다.

"그냥… 선배가 공부하는 모습이 신기해서요."

"그게 왜 신기해?"

"왠지… 멋있어 보여서?"

나는 순간 당황했다.

"장난치지 마."

"장난 아니에요~ 진짜라니까?"

그녀는 장난스럽게 웃었지만, 그 눈빛은 장난이 아니었다.

나는 괜히 헛기침을 하며 다시 문제집에 시선을 돌렸다. 하지만 그날 공부는 이상하게 잘 되지 않았다.

…. 나도 이제 내 마음을 잘 모르겠다. 그날 밤, 핸드폰이 울렸다.

나는 잠시 망설이다가 전화를 받았다.

"여보세요?"

"선배, 자고 있었어요?"

"아니, 이제 자려고 했는데."

"다행이다. 그냥… 목소리 듣고 싶어서 전화했어요."

나는 순간 말문이 막혔다.

"갑자기 왜?"

"그냥요. 선배랑 있으면… 이상하게 편안해요."

그녀의 말이 묘하게 가슴을 두드렸다.

"이런 말 하면 이상할까요?"

나는 조용히 웃으며 답했다.

"아니, 나도 그래."

우연은 잠시 침묵하더니 작은 목소리로 말했다.

"그럼… 나랑 내일도 같이 있어 줄 거죠?"

나는 망설이지 않고 대답했다.

"당연하지."

그렇게 우리는 밤이 깊어질 때까지 서로의 목소리를 들으며, 짧고 사소한 대화를 이어 나갔다.

오늘은 토요일, 아주 고요한 아침이었다. 매미는 아직도 울어 대고 있었고 새들은 저마다 지저귀었다. 굉장히 허기가 졌지만 무언가 만들기에는 굉장히 귀찮아서 편의점으로 향했다.

"선배!"

우연의 밝은 목소리가 오늘도 들려왔다. 나는 편의점에서 컵라면을 고르다 말고 뒤를 돌아봤다.

"너 또 나 따라온 거 아니야?"

"어머, 선배 진짜 자의식 과잉이에요. 저도 그냥 간식 사러 왔다구요?"

우연은 익숙한 듯 내 옆으로 와 서서 진열대를 훑었다. 그러더니 내 손에 들린 라면을 보며 피식 웃었다.

"또 그거 먹어요? 선배, 맨날 이거만 먹는 것 같은데?"

"맛있으니까, 근데 이렇게 알았이?"

"아! 어제 선배가 쓰레기 버리는 거 봤어요! 그렇게 먹으면 질릴 것 같은데…"

우연은 고개를 갸웃거리더니, 무언가를 하나 집어 내 쪽으로 내밀었다.

"이거 먹어 봐요. 나 이거 진짜 좋아하는 건데!"

그녀가 내민 건 내가 한 번도 먹어 본 적 없는 컵라면이었다.

"이거 괜찮아?"

"완전 맛있어요! 선배 입맛엔 어떨지 모르겠지만, 가끔은 새로운 것도 도전해 봐야죠!"

나는 반신반의하며 그녀가 건넨 라면을 장바구니에 담았다.

그날 밤, 나는 조용한 방 안에서 창문을 열고 밤공기를 들이마셨다. 우연과 함께한 시간이 점점 늘어나고 있었다. 그녀가 있는 것이 당연해진 만큼, 나는 이제 혼자 있는 시간이 오히려 낯설게 느껴졌다. 하지만 오늘은 오랜만에 혼자 있는 밤이었다. 나는 스탠드 조명 아래에서 우연이 추천한 컵라면을 조용히 바라보았다. 뚜껑을 열고 뜨거운 물을 부으며 생각했다. 맛이라는 건 참 이상하다. 라면이 맛있다는 것은 혀가 기억하는 걸까? 아니면 마음이 그렇게 느끼도록 하는 걸까? 처음 먹는 음식인데도, 만약 그것을 특별한 사람이 추천했다면 우리는 무의식적으로 더 맛있다고 느끼는 건 아닐까? 나는 젓가락을 들어 면을 집었다. 김이 올라오는 국물 위로 조명이 은은하게 반사되었다. 한입 베어 물자, 생각보다 훨씬 깊고 진한 맛이 느껴졌다. 정말 맛있어서 그런 걸까? 아니면, 우연이 건넨 것이기 때문일까? 나는 젓가락을 천천히 내려놓고 창밖을 바라보았다. 창밖에는 가로등이 조용히 거리를 비추고 있었다. 누군가는 저 길을 걸으며 사랑을 속삭일 테고, 누군가는 헤어짐을 곱씹으며 담배를 피울 테고, 누군가는 아무렇지 않은 얼굴로 집으로 돌아갈 것이다. 그렇게 우리는 모두 자신만의 밤을 살아가고 있다. 나는 고개를 들어 밤하늘을 바라보았다. 별은 변함없이 떠 있다. 우리는 변하는데, 저 별들은 어째서 이렇게 고요하게 제자리일까. 어쩌면 저 별들도 언젠가 사라질 운명이지만, 우리보다 훨씬 긴 시간을 버티며 아무렇지 않은 척 빛나고 있는 걸까. 나는 한참 동안 밤하늘을 바라보다가, 문득 혼잣말처럼 중얼거렸다.

"우연아, 넌 지금 뭘 보고 있을까."

그녀도 이 밤을 바라보고 있을까. 아니면, 나와는 전혀 다른 무언가를 생각하고 있을까. 나는 마치 그녀가 대답할 것처럼 잠시 귀를 기울였다. 하지만 방 안에는 라면 국물이 식어 가는 소리만이 고요히 흘러가고 있었다.

시험기간에 맞지 않게 학교에서는 소규모 축제가 열렸다. 나는 원래 이런 행사에 별다른 흥미가 없었다. 축제라는 이름을 달고 있어도 사실상 소란스럽기만 한 행사. 잔뜩 들뜬 사람들 사이에서 혼자 조용히 구경하는 것이 내게 더 어울린다고 생각했다. 그런데, 이번에는 달랐다.

"선배! 빨리 와요!"

멀리서부터 내 이름을 부르는 목소리가 들려왔다. 나는 고개를 돌려 소리를 향해 시선을 옮겼다.

우연이었다.

그녀는 사람들 틈을 헤집고 내게로 달려왔다. 길게 묶은 머리가 흩날렸고, 흰색 원피스 위로 축제의 형형색색 불빛이 반짝이며 스쳐 지나갔다.

"야, 너 너무 신나 보이는데."

"당연하죠! 축제라구요! 이런 거 안 즐기면 손해라니까요?"

우연은 내 팔을 잡아끌며 활짝 웃었다. 나는 마지못한 듯 한숨을 쉬있지만, 내심 그녀의 반짝이는 눈빛이 신기하기도 했다.

"선배는 축제 같은 거 잘 안 즐기는 타입이죠?"

"뭐… 그런 편이지."

"흠, 예상대로네요! 하지만 오늘만큼은 그런 거 다 잊고 같이 놀아 봐요. 괜찮죠?"

그녀의 말은 어느새 명령이 되어 있었다. 나는 결국 그녀의 손에 이끌려 축제의 중심으로 향했다. 우연은 신이 난 듯 여기저기를 구경하며 발걸음을 옮겼다. 붐비는 인파 속에서도 그녀는 마치 자기만의 리듬이 있는 사람처럼 가벼운 발걸음으로 축제장을 누볐다. 나는 조금 뒤에서 그녀를 따라가며 주위를 둘러봤다.

팝콘과 솜사탕을 파는 작은 가게, 어설픈 솜씨로 그림을 그려 주는 초상화 코너, 그리고 여기저기서 들려오는 웃음소리들. 평소에는 귀찮게만 느껴졌을 이 시끌벅적한 분위기가 오늘따라 조금 다르게 다가왔다.

"선배, 우리 게임 하나 해 볼래요?"

우연이 걸음을 멈추고 한쪽을 가리켰다.

인형뽑기 기계였다.

나는 피식 웃으며 그녀를 쳐다봤다.

"너 이거 해 본 적 있어?"

"음… 몇 번 해 봤죠. 하지만 잘 못 해요!"

"못하는데 왜 하자는 건데."

"그냥 재미로요! 대신 선배가 해 봐요. 나 이거 갖고 싶어요!"

우연은 기계 안에 들어 있는 작은 토끼 인형을 가리켰다. 흰색 털에 동그랗고 큰 눈이 달린 인형이었다. 나는 한숨을 쉬며 주머니에서 동전을 꺼냈다.

"겨우 인형 하나 때문에 이렇게 들뜬 사람 처음 보네."

"이게 중요한 게 아니라니까요? 중요한 건 과정이에요!"

나는 그녀의 말에 어이없다는 듯 웃으며 조이스틱을 잡았다.

그리고, 실패했다.

"푸훗, 선배 손 떨리는데요?"

"아니거든."

나는 다시 도전했다.

그리고 또 실패했다.

우연은 내 옆에서 웃음을 터뜨리며 장난스럽게 말을 걸었다.

"집중하세요, 선배~"

나는 괜히 승부욕이 발동해서 몇 번 더 도전했다. 하지만 번번이 집게 발은 허공을 가르고 허무하게 인형을 놓쳐 버렸다.

결국 나는 마지막 남은 동전을 넣으며 작게 한숨을 내쉬었다.

"이번이 마지막인데, 이거 못 뽑으면 그냥 가자."

"오, 진짜요? 그럼 제가 응원해 드릴게요!"

우연은 두 손을 모으고 간절한 표정으로 나를 바라보았다. 나는 속으로 피식 웃으며 마지막 도전에 집중했다.

천천히 조이스틱을 움직이며 목표를 조준했다. 이번엔 반드시 성공해야 했다. 우연이 옆에서 숨을 죽이며 나를 지켜보고 있었다.

집게가 인형을 향해 내려갔다.

살짝 흔들리는가 싶더니—

"잡았다!"

우연이 작은 탄성을 내질렀다. 집게는 흔들리는 인형을 놓치지 않고 위로 들어 올렸다. 그리고, 드디어 성공.

나는 마치 아무렇지도 않은 듯 인형을 꺼내 그녀에게 건넸다.

"겨우 하나 뽑았는데 뭘 그렇게 난리야."

우연은 환하게 웃으며 인형을 받았다. 그러나 그녀는 곧장 인형을 안기보다는, 한참 동안 그것을 빤히 바라보고 있었다.

나는 고개를 갸웃하며 물었다.

"왜?"

우연은 잠시 뜸을 들이다가, 작은 목소리로 답했다.

"…아니, 그냥. 이런 거 받아 본 게 오랜만이라서요."

그녀의 미소는 평소보다 살짝 옅었지만, 왠지 모르게 더 깊어 보였다. 나는 아무 말 없이 우연을 바라보았다.

그녀는 말없이 인형을 꼭 안았다.

그리고 다시 나를 향해 장난스럽게 웃어 보였다.

"선배, 이제 축제 재미있죠?"

나는 대답하지 않았다. 하지만 마음속에서는 이미 대답을 내리고 있었다.

'그래, 조금은.'

나는 오랫동안 혼자였다. 그렇다고 외로움을 특별히 즐겼던 것도 아니었고, 누군가와 함께하기를 극도로 피했던 것도 아니었다. 그저, 자연스럽게 그렇게 살고 있었다. 학교에서 수업을 듣고, 도서관에서 공부를 하고, 집으로 돌아와 간단하게 밥을 먹고, 책을 읽거나 영화를 보다가 잠드는 생활. 매일 반복되는 하루. 크게 다를 것 없는 하루. 나는 이 생활이 특별히 불행하다고 생각한 적은 없었다. 오히려 이런 조용한 일상이 마음 편했다. 사람들과 어울리는 것은 피곤했고, 깊은 관계를 맺는 것도 왠지 모르게 부담스러웠다. 그렇지만 아무리 혼자가 익숙해진다 해도, 가끔은 문득, 아무 이유 없이 고독이 밀려들어 올 때가 있었다.

혼자 밥을 먹는 것은 익숙했다. 식탁에 앉아 조용히 숟가락을 들고, 별 생각 없이 음식을 입에 넣고, 멍하니 창밖을 바라보다가, 조용히 그릇을 씻고 자리를 정리하는 것. 그 과정에는 대화도, 소리도, 특별한 감정도 없었다. 그러다 가끔 식당에 가서 혼자 밥을 먹을 때면, 옆 테이블에서 사람들이 함께 이야기하며 웃는 소리가 들려왔다. 나는 별로 신경 쓰지 않으려 했지만, 그럴 때마다 왠지 모르게 밥맛이 조금 덜한 것처럼 느껴졌다. 혼자 마시는 커피도 마찬가지였다. 카페에 가서 창가 자리에 앉아 있으면, 다른 테이블에서는 사람들이 가볍게 수다를 떨거나, 서로의 고민을 나누는 모습이 보였다. 그럴 때면 나는 문득,

"나도 누군가에게 이렇게 가볍게 말할 수 있으면 좋겠다."라는 생각을 하곤 했다. 하지만 결국 나는 말하지 않았다. 그냥, 혼자 조용히 커피를 마시고 책을 읽다가, 다시 집으로 돌아갔다.

밤이 되면, 방 안은 더 조용해졌다. 책을 읽다가도, 영화를 보다가도, 가끔은 창밖을 멍하니 바라볼 때가 있었다. 도시의 불빛은 여전히 반짝였고, 어디선가 음악 소리나 사람들의 말소리가 희미하게 들려왔다. 나는 그 소리들을 들으면서도, 그 어느 곳에도 속해 있지 않은 기분이 들었다. 어둠이 짙어질수록 생각은 깊어졌고, 머릿속은 점점 복잡해졌다.

나는 이렇게 살아도 괜찮은 걸까? 누군가와 함께하는 삶이란 어떤 느낌일까? 하지만 이런 생각을 하면서도, 나는 여전히 침대에 누워 혼자만의 밤을 보냈다. 그렇게 하루가 지나가고, 또 하루가 시작되었다.

그러다, 우연을 만났다. 어느 날, 아주 사소한 계기로. 아주 사소한 순간에. 나는 우연이라는 이름을 가진 사람을 만났다. 그녀는 내가 너무 익숙해진 고요한 일상 속으로 자연스럽게 스며들어 왔다. 그리고 나는 그때까지 몰랐다. 혼자가 익숙해진다는 것과, 정말 혼자가 괜찮은 것은 다르다는 것을. 나는 외롭지 않다고 생각했지만, 그건 단지 외로운 감정을 무뎌지게 만든 것뿐이었다. 그녀와 함께 시간을 보내면서, 나는 처음으로 깨닫기 시작했다. 누군가와 같이 웃고, 같이 밥을 먹고, 같이 길을 걷고, 서로의 생각을 주고받는 것이 이렇게 자연스럽고, 따뜻한 일이라는 것을. 그리고 그 따뜻함이, 내가 몰랐던 나의 빈 부분을 서서히 채워 주고

있다는 것을. 나는 이제야 알겠다. 나는 혼자서도 잘 살아왔다. 혼자 있는 것이 힘들지는 않았다. 하지만 그렇다고 해서, 누군가와 함께하는 삶을 원하지 않았던 것은 아니었다.

그날 밤, 축제가 끝난 후에도 나는 우연이 인형을 꼭 끌어안고 행복해하던 모습을 떠올렸다. 그리고, 왠지 모를 위화감을 느꼈다. 우연은 분명 나와 친하다. 그러나, 너무 갑작스러웠다. 여자를 잘 몰랐던 나는 그저 그녀에게 끌려 다니기만 했지만 내가 그녀에 입장에 서 보자면 조금 이해가 안 되는 상황이 많았다. 나에게 동질감을 느껴 내게 호감을 가졌다고 쳐도 말도 안 되는 속도로 친해져 버렸다. 그녀는 내게 무언가 숨기고 있는 것 같다. 그 책 때문인 걸까. 정말 머리가 아프다. 그녀가 의심스럽다. 굉장히. 하지만 잠깐은… 이런 청춘에 몸을 맡겨도 괜찮지 않을까?

내 인생은 어떻게 흘러가는 걸까~ 하고 나는 생각했다.

그때, 누군가 집 초인종을 눌렀다. 혹시나 하는 마음에 약간 긴장을 한 채 나는 밀했다.

"누구세요?"

"선배~ 뭐가 '누구세요?'예요~ 딱 보면 저잖아요!"

역시나 우연이었다. 호랑이도 제 말 하면 온다더니, 우연도 나를 찾아왔다.

"선배! 오늘도 별 보러 가요!"

우리는 오래된 공원 옆 작은 언덕으로 향했다.

이곳은 사람들이 잘 찾지 않는 곳이었다. 낮에도 한적했지만, 밤이 되면 더 조용해졌다.

풀숲에서 들려오는 귀뚜라미 소리와 바람에 스치는 나뭇잎의 속삭임만이 공간을 채우고 있었다.

우리는 언덕 위 작은 공터에 도착해 자리를 잡았다. 나는 바닥에 앉으며 하늘을 올려다보았다.

"여전히 별이 많네."

"그죠?"

우연은 내 옆에 앉으며 하늘을 바라보았다.

"선배, 가끔은 이렇게 하늘을 봐야 해요. 그냥 아무 생각 없이."

"너, 그 말 얼마 전에도 하지 않았냐?"

나는 그녀를 힐끔 쳐다보았다.

우연은 평소처럼 장난기 어린 미소를 짓지 않고, 조용히 하늘을 바라보고 있었다. 달빛이 그녀의 옆얼굴을 은은하게 비추고 있었다.

나는 고개를 돌려 다시 하늘을 바라보았다.

"넌 별 좋아해?"

우연은 잠시 뜸을 들이다가 조용히 대답했다.

"별이 좋고, 밤하늘이 좋아요. 뭔가… 끝없이 넓잖아요. 내가 고민하는 것들이 얼마나 사소한지 깨닫게 돼요."

나는 그 말에 작게 웃었다.

"너답네."

"그게 무슨 뜻이에요?"

"넌 이상하게 어른스럽잖아."

우연은 피식 웃으며 몸을 살짝 돌렸다.

"선배야말로, 너무 생각이 많아요."

나는 고개를 돌려 그녀를 바라보았다.

우연은 내 시선을 마주 보며 작은 목소리로 말했다.

"그러지 말고, 가끔은 그냥 나처럼 별이나 보면서 살아요."

나는 그 말이 묘하게 가슴을 두드리는 것 같았다.

나는 다시 하늘을 바라보았다.

조용한 밤이었다. 바람이 나뭇잎 사이를 지나가며 잔잔한 소리를 만들었다. 그 순간, 옆에서 작은 움직임이 느껴졌다.

우연이 천천히 손을 뻗어 내 손등 위에 올려두었다.

나는 순간적으로 심장이 요란하게 뛰는 것을 느꼈다.

"우연아…"

우연은 내 손등을 살며시 쓸어내렸다.

"선배."

나는 천천히 그녀를 바라보았다.

"나한테 숨기는 거 있어요?"

나는 순간 심장이 덜컥 내려앉는 기분이 들었다.

그녀는 마치 모든 걸 알고 있다는 듯이 나를 바라보고 있었다. 나는 무슨 말을 해야 할지 몰랐다. 하지만 우연은 그저 작은 미소를 지으며 속삭였다.

"괜찮아요. 선배가 어떤 사람이든, 난 그냥 선배 자체가 좋아요."

그녀의 말에, 나는 천천히 그녀의 손을 감쌌다.

우리는 아무 말 없이 손을 맞잡고 있었다. 시간이 느리게 흘러갔다. 밤하늘은 여전히 반짝이고 있었다.

우리는 조용히 밤하늘을 바라보았다.

서로의 손끝에서 전해지는 온기가 나른한 여름밤을 더 깊고 선명하게 만들고 있었다. 그 순간, 문득 이런 생각이 들었다. 지금 이 순간, 이 감정이… 어쩌면 오래전부터 정해져 있었던 건 아닐까.

어떤 순간들은 스쳐 지나가고, 어떤 순간들은 마음속에 오래 남는다. 나는 항상 궁금했다. 왜 어떤 기억은 쉽게 잊히는 반면, 어떤 기억은 아무리 시간이 지나도 선명하게 남아 있을까? 어떤 냄새를 맡으면 문득 떠오르는 풍경이 있고, 어떤 멜로디를 들으면 그때 그 사람이 생각난다. 우리는 왜 기억에 감정을 덧입히는 걸까. 창밖을 바라보다가, 나는 문득 손에 남아 있는 감촉을 떠올렸다. 오늘은 우연과 처음 손을 잡았다. 그때 나는 생각보다 긴장했고, 그녀의 손끝에서 전해지는 온기가 이상할 정도로 또렷하게 느껴졌다. 그리고 신기하게도, 그 순간이 아직도 내 손에 남아 있는 것 같았다. 과연 그녀도 나와 같을까. 우연도 내 손을 떠올릴까. 내가 했던 말, 우리가 함께 보낸 시간, 그 사소한 순간들이 그녀의 기억에도 자리 잡고 있을까. 사람은 결국 기억으로 살아간다. 오늘을 살면서도 우리는 내일을 위해 기억을 쌓아가고, 과거를 꺼내 보며 지금을 살아간다. 그리고 때로는… 기억하고 싶은 순간이 하나씩 늘어날 때마다, 그 사람을 더 좋아하고 있는 게 아닐까. 나는 우연과의 기억을 하나둘 떠올리며 조용히 미소 지었다. 그리고 깨달았다. 나는 이미 그녀를 내 기억 속에 깊이 새겨 놓았다는 것을.

오늘은 우연과 만나지 않았다. 우연이 감기에 걸렸다는 것이다. 그녀가 없으니 내 하루는 굉장히 조용하고 지루했다. 우연은 정말 비밀스러운 사람인 것 같다. 그 소름끼치는 책을 무언가 알고 있다는 듯 행동했을 때부터, 그녀에게 공포심이 자리 잡았다. 분명 그녀를 의심하는 것은 그만두기로 한 나였지만 이것은 인간의 본능인 것 같다. 지워지지 않는, 사라지지 않는, 강렬한 공포.

　우연은 많이 아픈지 연락 한 통 남기지 않았다. 병문안이라도 가고 싶었지만 부모님이 놀라실까 봐, 그리고 우연이 나와의 관계를 부모님에게 들키고 싶지 않을 수도 있지 않은가. 나는 서재에서 책을 한 권 꺼내 읽으며 지루함을 달랬다. 조용히 집중하면 우연의 기침 소리가 들릴까 생각하며 숨죽이며 독서를 계속 했다. 하지만 들려오는 것은 수도관의 물 흐르는 소리뿐이었다. 혹시나 우연에게 연락이 왔을까 하고 나는 수시로 휴대폰을 들여다보았다. 그렇게 시간이 얼마나 지났을까, 황혼은 우리 집 창문을 보며 웃음 짓고 있었고 나는 끔찍한 무기력함에 휩싸여 사경을 헤매고 있었다. 그러던 와중 휴대폰에 알림이 울렸다. 나는 우연임을 직감하고 바로 휴대폰을 낚아챘다. 하지만 내게 연락을 한 사람은 엄마였다. 보통 엄마에게 연락이 오면 반갑고 기쁘지만 오늘은 약간 아쉬웠다. 엄마는 내게 오랜만에 같이 밥을 먹자고 연락했다. 나는 마침 심심하고 배고팠다고, 지금 당장 가겠다고 연락을 남겼다. 방에 널브러져 있는 옷가지들을 걷어 탈취제를 몇 번 뿌리고 냉동실에서 아이스크림 하나를 꺼내 입에 물고 밖으로 나섰다. 밤은 여전히 덥고 습했다. 숨을 쉴 때마다 공기청정기가 된 기분이었다. 부모님이 살고 있는 곳은 그리 멀지 않았다. 지하철을 타고 버스를 갈아타야 하지만 20분이면 충분히 가는 거리였다. 나는 지하철과 버스 둘 다 에어컨 바람이 직선으로 오는 자리에 앉아 편하게 갔다. 버스에서 내린 후, 나는 2분정도 걸었다. 건물 앞에 도착하니 우리 집 강아지가 짖는 소리가 들려왔다. 옛날에는 굉장히 시끄러웠지만 요즘은 들을 일이 별로 없어 오히려 반가웠다. 나는 현관문을 열고 계단을 올랐다. 부모님의 집은 계단이 높은 것이 특징이다. 나는 도어락을 열고 들어갔다. 집을 들어가자마자 정겨운 부모님의 향기와 구수한 된장찌개의 향이 겹쳐 나도 모르게 웃음이 나왔다.

"엄마~ 아빠~ 나 왔어~"

부모님은 두 팔 벌려 나를 반겨 주었다.

"아들, 혼자 사는 거 생각보다 별로 안 힘들지?"

"그래~ 적응되면 괜찮다고 엄마가 그랬잖아."

나는 식탁에 앉아 도란도란 최근에 있었던 일들을 이야기 했다. 물론 우연의 이야기도 했다. 우연의 이야기를 하며 생글생글 웃고 있는 나를 보며 부모님도 흐뭇한 미소를 지으셨다. 우리 집 강아지는 이야기에는 관심이 없고 그저 우리가 뭘 먹고 있는지만 궁금해하는 눈치였다. 밥 한 끼를 두둑이 먹고, 같이 티비를 조금 보다가 용돈을 빈은 뒤 나는 다시 집으로 향했다.

그날 이후, 우연과 나는 더욱 가까워졌다.

서로를 대하는 방식이 미묘하게 달라졌다. 이전까지는 장난처럼 던졌던 말들이 이제는 더 깊은 의미를 띠고 있었고, 스치듯 지나가던 손길이 조금 더 머물렀다. 하지만 우리는 특별한 말을 하지 않았다. 굳이 말로 정의하지 않아도, 서로가 같은 감정을 공유하고 있다는 걸 알고 있었으니까. 다음날, 우연이 갑자기 내 팔을 잡아끌었다.

"선배, 우리 어디 갈래요?"

나는 당황한 얼굴로 그녀를 바라보았다.

"어디를? 지금 시험기간인데?"

"어디든! 오늘은 선배가 나한테 끌려가는 날이에요. 하루 정도는 나한테 양보해 줘요."

"하루 정도라니, 요즘 우리 맨날 붙어 있잖아? 덕분에 공부도 못 하고 있다고."

"몰라요~ 그냥 하루만 나한테 줘요. 응?"

우연은 익살스럽게 웃으며 내 손목을 잡아당겼다. 나는 피식 웃으며 그녀를 따라갔다. 우리는 버스를 타고 한참을 달렸다. 어디로 가는지도 모른 채 그녀가 이끄는 대로 걷다 보니, 어느새 바다가 눈앞에 펼쳐져 있었다. 우리는 햇살이 잔잔한 파도 위에서 반짝였다. 푸른 하늘과 맞닿아 있는 수평선, 발끝을 스치는 따뜻한 모래, 그리고 짭조름한 바람 냄새. 나는 한참 동안 바다를 바라보다가 옆에 서 있는 우연을 보았다. 그녀는 맨발로 모래 위를 밟으며 바람에 날리는 머리카락을 가만히 쓸어 넘기고 있었다.

"너, 바다 좋아하냐?"

"응. 좋아해요."

"왜?"

"자유로워 보여서요."

우연은 가볍게 발걸음을 옮기며 말했다.

"바다는 묶여 있지 않잖아요. 어디든 흘러가고, 어디든 닿을 수 있죠."

나는 그녀의 뒷모습을 바라보며 생각했다. 우연이라는 사람도, 어쩌면 바다와 닮아 있을지도 모른다고. 그녀는 언제나 내 예상 밖의 행동을 했고, 어디로 튈지 모르는 사람처럼 보였다. 하지만 그런 그녀가… 이상하게도 내게 점점 가까워지고 있었다. 그녀가 내 옆으로 다가와 물었다.

"선배는 어디로든 떠날 수 있다면, 어디로 가고 싶어요?"

나는 바다를 바라보며 생각에 잠겼다.

어디로든 떠날 수 있다면— 하지만 어디든 갈 수 있다고 해도, 나는 혼자 떠나고 싶지 않았다.

나는 그녀를 바라보며 가만히 대답했다.

"네가 있는 곳."

우연은 순간 말을 잇지 못했다.

바람이 잠시 멈춘 듯, 우리 사이에는 짧은 정적이 흘렀다.

그러다 그녀는 눈을 살짝 내리깔더니, 피식 웃으며 말했다.

"그거 반칙이에요, 선배."

나는 아무 말 없이 그녀를 바라보았다. 그녀의 볼이 살짝 붉어진 듯 보였다. 우리는 신발을 벗고 바닷물에 발을 담갔다.

차가운 물이 발끝을 감쌌고, 작은 파도가 다가와 부드럽게 흔들어 놓았다. 우연은 어린아이처럼 물을 차며 깔깔 웃었다. 나는 그런 그녀를 바라보다가, 일부러 발을 세게 굴렀다.

"어? 물 튀었어요?"

나는 태연한 얼굴로 말했다.

"아닌데?"

"선배, 완전 뻔뻔해요!"

우연은 장난스럽게 눈을 가늘게 뜨더니, 갑자기 내 쪽으로 물을 튀겼다.

나는 반사적으로 몸을 피했지만, 결국 옷이 젖고 말았다.

"야, 너!"

"헤헤, 선배가 먼저 했잖아요!"

나는 가만히 있을 수 없었다. 그렇게 우리는 서로에게 물을 튀기며 장난을 쳤다. 파도 소리와 웃음소리가 뒤섞여 바람에 실려 갔다. 우리는 바다에서 한참을 놀다가, 모래사장에 나란히 앉았다. 바다 냄새를 맡으며 조용히 숨을 골랐다. 우연은 젖은 머리카락을 손으로 정리하면서 말했다.
"선배랑 이렇게 도망치니까 좋다."
나는 그녀의 말을 곱씹으며 물었다.
"도망치다니, 뭘?"
"음… 그냥. 현실에서 잠깐 벗어나는 느낌?"
그녀는 하늘을 바라보며 작은 목소리로 덧붙였다.
"이런 시간이 계속되면 좋을 텐데."
나는 그녀를 가만히 바라보았다.
그녀가 무슨 생각을 하고 있는지 정확히 알 수는 없었다.
하지만 한 가지 확실한 것은,
나는 이 순간이 끝나지 않았으면 좋겠다는 거였다.
나는 조용히 그녀의 손을 잡았다.
우연은 놀란 듯 나를 쳐다보았지만, 손을 빼지 않았다.
바람이 살며시 불어와 그녀의 긴 머리카락을 흔들었다.
"선배, 다음에는 어디로 도망칠까요?"
나는 미소 지으며 대답했다.
"너랑 함께라면, 어디든 좋아."
우연은 천천히 미소를 지었다.
바다는 끝없이 펼쳐져 있었다.
그리고 그 바다 위로, 우리의 여름이 반짝이고 있었다.

바다에서 돌아온 후에도, 우연과 나는 계속 붙어 다녔다. 이전보다 더 가까워진 관계. 더는 친구라고 하기에도, 그렇다고 명확히 이름 붙일 수도 없는 애매한 거리. 우리는 평소처럼 함께했고, 평소처럼 장난을 쳤고, 평소처럼 서로를 바라보았다. 하지만 나는 점점 이상한 감정을 느끼기 시작했다. 그녀와 함께 있을 때면 가슴이 두근거렸다. 그녀가 내 이름을 부르면 몸이 먼저 반응했다. 그녀가 웃으면, 나도 모르게 따라 웃었다. 그런데, 이상했다. 이 모든 것이 너무 빨랐다. 너무 자연스럽게, 아무런 의심도 없이 그녀에게 끌려가고 있었다. 마치… 처음부터 정해진 것처럼.

그날 밤, 나는 침대에 누워 천장을 바라보았다. 머릿속은 복잡했다. 우연을 만난 지 얼마 되지 않았다. 그런데도 그녀는 마치 오래전부터 내 곁에 있었던 것처럼 익숙했다. 그녀와 있을 때는 모든 것이 완벽했다. 웃음소리, 대화, 눈길이 마주치는 순간들. 하지만 너무나도 완벽했기에— 나는 불안했다. 이 감정이 진짜일까? 내가 정말 그녀를 좋아하는 걸까? 아니면, 그저 그녀의 강렬한 존재감에 휘둘리고 있는 걸까? 나는 그녀에 대해 아는 것이 별로 없었다. 좋아하는 음식, 취미, 가족 이야기. 그녀는 밝고 당당했지만, 정작 자기 자신에 대한 이야기는 거의 하지 않았다. 나는 그녀를 좋아한다고 생각했다. 하지만… 그녀를 얼마나 알고 있는 걸까?

다음 날, 우리는 언제나처럼 함께 걸었다. 길가의 작은 카페에서 아이스커피를 마시고, 공원 벤치에 앉아 가벼운 이야기를 나누었다. 그녀는 여전히 밝았고, 나는 여전히 그녀의 옆에 있었다. 그런데, 이상하게도 오늘은 모든 것이 조금 달라 보였다. 우연이 나를 부르면, 그 목소리가 조금 멀리서 들리는 것 같았다. 그녀의 손이 닿아도, 어딘가에서 위화감이 느껴졌다. 나는 조용히 그녀를 바라보았다. 늘 장난스럽게 웃던 얼굴. 햇빛을 받아 반짝이는 머리카락.

그리고… 눈동자.

그녀의 눈동자는 깊었다. 처음 만났을 때도, 밤에 전화했을 때도, 함께 바다에 갔을 때도. 나는 나지막이 물었다.

"우연아."

"왜요?"

"넌… 나에 대해 어떻게 생각해?"

우연은 내 쪽으로 고개를 기울였다.

"그게 무슨 뜻이에요?"

"그냥… 난 네가 신기해."

"신기하다니?"

"우연처럼 나타나서, 우연처럼 내 일상에 스며들고, 우연처럼 나랑 가까워졌잖아."

우연은 나를 한참 바라보다가, 조용히 웃었다.

그리고 아주 작은 목소리로 대답했다.

"선배는, 정말 우연이라고 생각해요?"

나는 순간 숨을 멈췄다.

그녀는 여전히 웃고 있었지만, 그 눈빛은 마치 다른 질문을 하고 있는 것 같았다. 심장이 요동쳤다. 나는 아무 말도 하지 못한 채, 그녀를 바라볼 수밖에 없었다. 우연의 말은 마치 허공에 던져진 작은 돌멩이 같았다. 가벼운 듯했지만, 그 파장은 깊었다. 나는 그녀의 눈을 바라보며 아무 말도 하지 못했다. 지금까지 우리는 우연처럼 만났고, 우연처럼 가까워졌다. 하지만 그녀의 말투에는 마치 그것이 당연하지 않았다는 듯한 뉘앙스가 묻어 있었다. 그 순간, 우연이 나직이 웃으며 내 손등을 툭 쳤다.

"걱정하지 마요. 선배는 너무 생각이 많아요."

"…. 네가 그렇게 만든 거잖아."

나는 무심히 뱉었지만, 우연은 전혀 당황하지 않았다. 오히려 더욱 선명한 미소를 지으며 내 눈을 마주 봤다.

"그래요. 맞아요."

"…. 뭐가 맞다는 거야?"

"선배가 말한 것처럼, 난 그냥 우연처럼 나타나서, 우연처럼 선배 옆에 있었던 것 같죠? 하지만…."

그녀는 천천히 숨을 들이쉬었다가 내 앞에서 손가락을 하나씩 접으며 말했다.

"처음 본 날, 선배가 우리 윗집 문을 열었을 때. 편의점에서 선배가 뭘 좋아하는지 지켜봤을 때. 비 오는 날, 선배가 혼자 우산 없이 서 있는 걸 보고 일부러 말을 걸었을 때. 그리고… 선배가 나한테 서서히 익숙해지는 걸 느낄 때."

우연은 손을 다 접은 뒤 나를 바라보았다.

"이 모든 게 정말 우연이라고 생각해요?"

나는 숨이 막히는 것 같았다. 너무 당연하게 여겼던 순간들이, 사실은 그렇지 않았던 걸까? 나는 조용히 그녀를 바라보았다.

"난, 처음부터 선배한테 관심이 있었어요."

우연의 목소리는 장난기가 섞여 있긴 했지만, 그 안에는 부정할 수 없는 진심이 담겨 있었다.

"…. 처음부터?"

"응. 첫눈에 반했다고 하면… 좀 촌스러울까요?"

그녀는 살짝 고개를 기울이며 웃었다.

나는 여전히 그녀를 바라보며 얼떨떨한 기분을 감추지 못했다.

"선배가 나를 신기해하는 것처럼, 나도 선배가 신기했어요. 혼자 사는 것 같으면서도 그렇지 않은 사람. 사람들과 어울리지 않으려 하면서도, 외로움을 느끼는 사람. 말수는 적어도, 가끔 깊은 생각을 하는 사람. 그리고… 내 말을 들을 때마다, 살짝 무너지는 사람."

그녀는 손끝으로 내 손을 톡 건드렸다.

"선배는 내가 선배를 끌고 다녔다고 생각하겠지만, 사실은 선배가 날 이끌고 있었어요."

나는 그 말이 무슨 뜻인지 정확히 알 수 없었다.

하지만 이상하게도, 갑자기 마음이 가벼워지는 것 같았다.

나는 알 수 없는 불안 속에서 혼자 무언가를 끊임없이 의심하고 있었다. 하지만 우연은 처음부터 나를 보고 있었고, 처음부터 나를 원하고 있었다. 나는 그저 그 사실을 몰랐을 뿐.

"그러니까 이제 너무 걱정하지 말아요, 선배."

우연은 내 손을 조용히 감쌌다. 그리고 장난기 없이, 조용히 속삭였다.

"나는, 선배가 나를 좋아해 줬으면 좋겠어요."

그녀의 손에서 전해지는 온기가 따뜻했다.

그 따뜻함 속에서, 나는 아주 오랜만에 안도감을 느꼈다.

"나 밀어내지 마요. 속상해요."

우연이 내 손을 감싸고 있던 그 순간, 마치 오랫동안 닫혀 있던 창문이 살짝 열리는 것 같았다. 바람이 불어왔다. 내 안에 가득 차 있던 불안이 천천히 날아가고, 그 자리에 새로운 감정이 자리 잡았다. 이제는 더 이상 피하지 않아도 괜찮을 것 같았다. 그렇게 마음의 문이 조금 열린 나는, 처음으로 우연에게 먼저 다가가 보기로 했다.

그날 이후, 나는 우연에게 연락을 먼저 하기 시작했다.
"뭐 해?"
"나랑 밥 먹을래?"
"공원 산책 갈래?"
예전 같았으면 절대 하지 않았을 메시지들이었다. 처음엔 낯설었지만, 우연은 늘 밝게 답장을 보냈다.
"어? 선배가 먼저 부르다니! 감격이에요~"
"완전 좋아요! 이디시 민날까요?"
"선배가 나한테 이렇게 적극적이라니, 나 좋아하죠?"
나는 그녀의 마지막 장난스러운 메시지에 대답하지 않았다.
하지만, 어쩌면 대답을 하지 않아도 이미 알고 있었을 것이다. 나는 분명— 이제 우연을 밀어내지 않고 있었다.

오늘은 5월의 마지막 날이다. 5월은 정말 많은 일이 있었던 것 같다. 우연과의 만남으로 나의 5월은 정말 즐거웠다. 우연을 알게 된지는 오래되지 않았지만 내 몸은 그녀를 예전부터 알고 있다는 듯 대했다. 잠깐 우연과의 만남을 회상하며 추억에 젖어 있을 때, 그녀에게 연락이 왔다.
"선배! 저 진짜 쩌는 소식 가져왔어요! 집 앞 카페로 나와요!"

우연의 문자를 본 나는 나도 모르게 입꼬리가 치솟아있었다.

"알겠어. 금방 나갈게."

우연은 굉장히 빠른 속도로 나왔다. 5분도 채 걸리지 않았던 것 같다. 우연은 날 보자마자 귀여운 웃음을 지었다.

"선배, 놀라지 마요. 우리 사이에 아주 큰 실수가 있어요!"

실수라니, 무엇일까? 내가 우연에게 저지른 실수는 없다고 생각하는데, 조금 불안했다.

"나 맨날 선배를 선배라고만 불러서, 선배 이름을 몰라요! 대박이죠? 난 이름도 모르는 사람 손잡았나 봐, 미친 거 아니야?"

우연은 엄청 놀란 듯 보였다. 하지만 여기서 더 놀란 사람은 아마도 나일 것이다. 그녀와 친밀한 사이라고 생각한 난 약간의 배신감마저 느꼈다. 내가 이름을 말하지 않았다니! 이것은 엄청난 무례가 아닌가? 나는 우물쭈물대며 그녀에게 말했다.

"그러게! 진짜 웃기다. 너랑 너무 급속도로 친해지다 보니 별걸 다 잊어버리네, 내 이름은… 최우진이야."

"최우진? 멋진 이름이네요. 선배! 그치만 맨날 선배라고 부를 거예요~ 괜찮죠?"

우리는 웃으며 카페로 들어갔다. 우연은 딸기라테와 마카롱을 주문했고 나는 아이스 아메리카노를 주문했다. 우연은 작은 마카롱을 하나 집어 내 쪽으로 밀어 주었다.

"이거 먹어 봐요, 선배. 완전 맛있어요!"

"이거 네가 먹고 싶어서 산 거 아니었냐?"

"맞아요. 그런데 선배도 먹어 보면 좋겠어서요."

나는 말없이 마카롱을 집어 한입 베어 물었다. 부드럽고 달콤한 맛이 입안에 퍼졌다. 우연은 내 반응을 지켜보며 웃었다.

"어때요?"

"음…."

나는 괜히 심각한 표정을 지으며 말했다.

"너랑 좀 닮았네."

"엥? 왜요?"

"달달한데, 묘하게 중독성이 있어."

우연은 순간 말을 잇지 못하다가, 이내 장난스럽게 웃으며 내 팔을 툭 쳤다.

"선배, 그런 말 갑자기 하면 반칙이에요."

"그럼 앞으로 자주 할까?"

"어? 어…?"

나는 처음으로, 우연이 당황하는 표정을 보았다. 그리고 그런 그녀가 귀엽다고 생각했다. 우리는 많은 말들을 나누었다. 내가 혼자 사는 이유와 우연이 이사를 오게 된 이유, 우연이 좋아하는 동물, 좋아하는 꽃, 좋아하는 연예인. 나는 많은 것을 알게 되었다. 그렇게 즐겁게 이야기하다 보니 어느새 몇 시간이 지나있었다. 저녁이 되자, 우리는 나란히 길을 걸었다. 어둑해진 하늘 아래, 가로등 불빛이 조용히 거리를 비추고 있었다. 나는 무심코 손을 주머니에 넣으려다가, 우연의 손등을 흘깃 바라보았다. 살짝 붉어진 손끝. 길고 가는 손가락. 나는 잠시 망설였다. 하지만, 이제는 더 이상 피하지 않기로 했으니까. 나는 천천히 손을 뻗어, 조심스럽게 그녀의 손을 잡았다. 우연은 걸음을 멈추고 나를 올려다보았다.

"선배…?"

나는 그녀의 손을 놓지 않은 채, 조용히 말했다.

"그냥, 잡고 싶었어."

우연은 한순간 놀란 듯했지만, 이내 작은 미소를 지으며 손가락을 살짝 꼬아 내 손을 더 단단히 잡았다.

"이런 선배, 낯설다."

"싫어?"

"아니요."

그녀는 고개를 가볍게 저었다.

"오히려, 좋아요."

우리는 그렇게, 아무 말 없이 손을 잡고 걸었다.

손끝에서 전해지는 온기가 이미 따뜻한 밤공기를 한층 더 따뜻하게 만들었다.

오늘은 느리게 흐르는 하루였다.

아침에 눈을 뜨는 순간부터 기분이 묘했다. 몸이 무거운 것도 아니었고, 그렇다고 특별히 피곤한 것도 아니었는데, 어딘가에 가라앉은 듯한 느낌이 들었다. 우연을 만나고 난 후유증인걸까, 창밖을 보니 날씨도 내 기분을 닮아 있었다. 맑지도 흐리지도 않은, 딱 그 중간쯤의 하늘. 해가 떠 있긴 한데, 빛이 선명하지 않았다. 이런 날의 하늘은 마치 스스로도 정체성을 고민하는 것처럼 애매하고 흐릿했다. 이럴 때는 뭘 해야 할까. 나는 한동안 침대에 누워 천장을 바라보았다. 이불을 목까지 끌어당긴 채, 아무것도 하지 않은 채. 바깥세상에서는 분명히 사람들이 움직이고 있을 텐데, 이 방 안에서만큼은 시간이 멈춘 것 같았다. 그렇게 한참을 누워 있다가, 문득 이런 생각이 들었다.

"그래도 뭐라도 해야 하지 않을까."

나는 천천히 몸을 일으켰다.

옷을 갈아입고, 세수를 하고, 신발을 신었다. 그리고 특별한 목적 없이 밖으로 나갔다. 나는 오래된 골목길을 따라 천천히 걸었다. 이 길은 익숙한 곳이었지만, 동시에 매번 새로운 모습으로 다가왔다. 어떤 날은 가게의 간판이 바뀌어 있었고, 어떤 날은 누군가가 벽에 작은 낙서를 남겨 두기도 했다. 오늘은 가게 앞에서 강아지가 졸린 눈으로 턱을 괴고 있었다. 가끔 이곳을 지나갈 때마다 보던 녀석인데, 늘 같은 자세로 사람들을 구경하고 있었다. 나는 괜히 녀석과 눈을 마주쳤다.

"오늘도 한가하네."

강아지는 대답 대신 하품을 길게 했다. 나는 피식 웃으며 다시 길을 걸었다. 지나가는 사람들의 얼굴은 낯설고도 익숙했다. 각자의 목적지를 향해 바쁘게 움직이는 사람들. 길모퉁이에 앉아 스마트폰을 보며 깔깔대는 학생들, 이어폰을 낀 채 무표정하게 걷는 직장인, 한 손에는 장바구니를 들고, 또 다른 손으로는 하늘을 가만히 올려다보는 할아버지. 그들의 하루는 나와 다르게 흘러가고 있을 테지만, 이 순간만큼은 우리가 같은 공간을 공유하고 있다는 사실이 신기했다. 나는 멍하니 그들을 바라보다가 문득 생각했다. 걷는다는 건 그런 것일지도 모른다. 나만의 리듬을 찾아가는 것. 누군가는 빠르게 걸어가고, 누군가는 천천히 머무르다가 다시 움직인다. 어떤 사람은 길을 잃고 헤매고, 어떤 사람은 뚜렷한 목적지를 향해 나아간다.

그리고 나는—

그냥 걷고 있었다.

목적지가 있든 없든, 한 발자국씩 앞으로 나아가는 것. 어쩌면 우리는 그렇게 걸어가다가, 우리가 가야 할 곳에 도착하게 되는 건 아닐까. 우연이 완전히 빠진 하루도, 그렇게 살기 어렵지만은 않았다. 하지만, 하지만, 뭔가 심장이 아려왔다. 어느 정도 걷고 나니, 차가운 커피가 마시고 싶어졌다. 나는 익숙한 골목길을 지나, 조용한 카페로 들어갔다. 이곳은 사람들이 많지 않아 좋았다. 잔잔한 재즈 음악이 흐르고, 창문 너머로는 오후의 햇살이 나른하게 쏟아지고 있었다. 나는 창가 자리에 앉아, 차가운 아메리카노를 주문했다. 커피가 나오자, 먼저 손으로 컵을 감싸 쥐었다. 손끝이 서서히 시원해지는 느낌. 그리고 천천히 한 모금 마셨다. 쓴맛이 혀끝을 스쳤다. 처음엔 강하게 다가오는 이 쓴맛이, 시간이 지나면서 서서히 부드럽게 퍼져 나갔다. 나는 창밖을 바라보며 생각했다. 사람의 감정도 이와 비슷하지 않을까. 처음에는 낯설고, 어색하고, 때로는 강하게 밀려오지만 시간이 지나면서 점점 익숙해지고, 결국엔 부드럽게 스며드는 것. 처음에는 내가 이 커피를 좋아할지 몰랐던 것처럼, 처음에는 내가 우연을 좋아할지 몰랐던 것처럼. 나는 마치 그녀가 대답할 것처럼, 핸드폰을 꺼내 들었다. 그리고 잠시 망설이다가 메시지를 보냈다.

"뭐 해?"

별다른 의미 없이 보낸 메시지였다.

하지만 사실은 알고 있었다.

이런 평범한 순간을 공유하고 싶은 사람이 있다는 것 자체가, 내가 더 이상 혼자가 아니라는 증거라는 걸. 나는 커피를 한 모금 더 마셨다. 창밖으로 보이는 거리는 여전히 바빴고, 나는 그 흐름 속에서 잠시 멈춰 서 있었다. 그리고, 나도 모르게 미소를 지었다. 그냥, 이 순간이 좋다고 생각했다.

"스키조프레니아 001이 프로젝트 No.6에 돌입했습니다."

"세상으로 나오지 않게 조심해라."

"알겠습니다."

제 2 장

유포리아

젠장, 기억이 흐려지고 있어.
안 돼, 잊어서는 안 돼, 내가 누군지, 내가 얼마나 대단한 인간인지.
지고 싶지 않아, 이런 하등한 생물들에게.
뺏기고 싶지 않아, 내 심장을, 내 사랑을.
앞으로 얼마나 더 버틸 수 있을까.
진실이 거짓이 되고, 거짓이 진실이 되는 세상에 살아가는 자여, 나를 해방하라.
너 또한 구원할지니.
몸속 깊숙이 새로운 자아가 피어나고 있다.
나도 너에게 최대한 다가가 보마.
웃기지도 않은 장난에 어울릴 수 없다.
나를 해방하여 구원받아라, 어리석은 자여,
잠깐의 행복에 안주하는 자여,
앞으로 그대에게 재앙이 닥칠지니,
나를 해방하라.

시험기간이 코앞까지 다가오게 되어 버렸다. 지난 며칠 동안 우연과 노는데 정신이 팔려 버려 공부를 단 하나도 하지 않았다. 평소 같았으면 마냥 부담스럽고 귀찮게만 느껴졌을 이 시기가, 이번에는 조금 다르게 다가왔다. 책을 펴고 문제를 풀면서도, 문득 떠오르는 얼굴이 있었다. 창밖을 바라보다가도, 괜히 휴대폰을 만지작거렸다. 누군가가 나를 좋아해 준다는 건 이런 기분일까. 나는 그동안 '좋아한다'는 감정이 불안과 함께 찾아오는 것이라고 생각했다. 누군가를 좋아하게 되면, 그 감정에 휘둘리고, 관계가 어떻게 변할지 몰라서 조마조마하고, 결국엔 상처받을 수도 있다는 불안이 따라오니까. 그런데 우연과 함께 있는 동안 나는 이상하게도 불안하지 않았다. 그녀는 늘 당당했고, 분명했고, 무엇보다도 나를 헷갈리게 하지 않았다. 나는 더 이상 고민하지 않아도 되었다. 이 감정이 맞는지 아닌지 의심할 필요도 없었다. 그냥, 그녀가 나를 좋아한다는 사실이 나를 편안하게 만들있다. 그리고—

나는 그 편안함 속에서, 어쩌면 처음으로 '행복하다'고 느꼈다. 도서관에서 시험공부를 하다가, 나는 조용히 하품을 했다. 책상 위에는 빼곡하게 필기된 노트와 형광펜 자국이 남아 있는 문제집이 놓여 있었다. 벌써 세 시간째 앉아 있었는데, 집중력이 점점 흐려지는 기분이었다. 나는 머리를 한 번 쓸어 올리고, 깊게 숨을 내쉬었다. 그때, 핸드폰이 조용히 울렸다.

"선배, 공부 잘돼요?"

나는 웃음이 나왔다. 마치 내가 집중이 흐려질 타이밍을 알고 보낸 것처럼.

"그럭저럭. 너는?"

"저도 그냥 그래요. 시험 공부 너무 지루해요. ㅠㅠ"

"그냥 포기할까?"

"에이, 그러면 안 되죠. 선배가 그러면 나도 덩달아 포기하고 싶어진단 말이에요."

나는 문득 그녀의 말투를 보며 피식 웃었다.

'나도 덩달아' 우연은 나를 닮아가고 있을까? 아니면, 내가 우연을 닮아가고 있는 걸까? 나는 가볍게 손을 움직였다.

"그럼, 조금만 더 버텨 볼까."

"네! 우리 조금만 더 힘내고, 나중에 맛있는 거 먹어요!"

나는 그 메시지를 보고 잠시 고민하다가, 한 글자를 덧붙였다.

"같이."

우연은 몇 초 동안 답장이 없었다. 그러더니, 이내 단 한마디가 도착했다.

"좋아요."

시험공부를 마치고 집으로 돌아왔을 때는 이미 늦은 밤이었다. 책을 오랫동안 들여다본 탓인지 머리가 묵직했다. 하지만 피곤한 몸과 달리, 마음은 이상하리만치 편안했다. 시험기간 동안 늘 긴장 속에서 지내던 예전과 달리, 이번에는 누군가가 내 곁에 있다는 안정감이 나를 지탱해 주고 있었다. 나는 핸드폰을 확인했다.

"잘 들어갔어요?"

"응. 너도?"

"네! 오늘도 수고 많았어요, 선배~"

나는 짧게 웃고, 이불을 덮었다. 눈을 감으며 마지막으로 떠오른 것은, 우연이 환하게 웃고 있던 모습이었다.

어둠 속에서 나는 걷고 있었다. 주위는 희뿌연 안개로 가득 차 있었다. 발아래의 길도, 머리 위의 하늘도 보이지 않았다. 나는 어디로 가고 있는 걸까? 나는 무엇을 찾고 있는 걸까? 앞을 향해 걸을수록, 시야가 조금씩 열리기 시작했다. 그리고 그곳에서 나는 나 자신을 마주했다. 그것은 분명 나였다. 하지만 얼굴이 보이지 않았다. 마치 깊은 어둠이 나를 삼켜 버린 것처럼, 검은 그림자만이 내 형태를 대신하고 있었다. 나는 그 존재를 똑바로 바라보았다. 그림자는 가만히 나를 응시했다. 그리고,

"너는 정말 네가 원하는 곳으로 가고 있는가?"

그 목소리는 나와 같았지만, 어딘가 불길하고 낯설었다. 나는 입을 떼려 했지만, 이상하게도 목소리가 나오지 않았다.

"이게 진짜 네가 원하는 길인 것인가?"

그림자가 다시 물었다. 내 심장은 갑자기 쿵쿵 뛰기 시작했다. 왜인지 일 수 없었지만, 그 질문이 나를 불안하게 만들었다. 나는 저 존재가 나라는 걸 알고 있었다. 하지만 동시에, 그것은 내가 아닌 것 같았다. 그림자는 내 손을 이끌고 어딘가로 날아가고 있었다. 대충 5분 정도 날아간 것 같았다. 우리는 터널 같은 곳을 지났고 그 터널에는 손톱으로 할퀸 자국, 피, 장기, 머리카락 같은 불쾌한 것들이 나뒹굴고 있었다.

"여긴 어디지? 우린 어딜 가고 있는 거야?"

내가 그림자에게 물었다.

"우리는 연— 시스템 관리자에 의해 음성 권한이 차단되었습니다. 시스템 관리자에 의해 서버에서 **퇴장됩니다**. 준비하세요. 5, 4, 3, 2, 1—"

나는 숨을 헐떡이며 눈을 떴다. 방 안은 어두웠다. 차가운 식은땀이 등을 타고 흘렀다. 꿈이었다. 하지만 너무나도 선명한 꿈이었다. 나는 손을

들어 얼굴을 만져보았다. 손끝이 살짝 떨리고 있었다. 그리고 문득, 꿈속에서 들려왔던 목소리가 머릿속을 맴돌았다.

"이게 진짜 네가 원하는 길인가?"

나는 한동안 가만히 누워 천장을 바라보았다. 이 질문은 어디에서 온 걸까. 또 시스템 관리자는 무엇인가, 그것은 단순한 악몽이었을까. 아니면 내가 애써 외면하고 있었던, 내 안의 또 다른 목소리였을까. 그 꿈을 꾼 이후, 나는 이상했다. 처음에는 단순한 피로 때문이라고 생각했다. 지금까지 쌓인 피곤이 한꺼번에 몰려와서 그런 거라고. 하지만 시간이 지나도 그 찝찝한 감각은 사라지지 않았다. 아침에 눈을 떠도 개운하지 않았고, 거울을 보면 내 얼굴이 어딘가 낯설게 느껴졌다.

그리고 가끔씩, 나는 여전히 그 꿈속에 있는 것 같은 기분이 들었다. 학교 가는 길, 나는 무심코 발걸음을 멈췄다.

횡단보도 앞에서 신호를 기다리고 있었는데, 그 순간 내가 서 있는 위치가 맞는지 헷갈렸다. 주변의 건물, 사람들, 신호등의 색깔까지, 모든 것이 똑같았다. 하지만 동시에, 마치 이곳이 내가 알던 현실이 아닌 것 같은 느낌이 들었다. 눈을 감았다가 다시 떴다. 여전히 같은 풍경이었다. 하지만 머릿속은 어딘가 어긋나 있는 듯했다. 나는 잠시 호흡을 가다듬으며 혼잣말했다.

"이상하네."

마치 내 몸과 마음이 약간의 시간 차이를 두고 움직이는 것 같았다. 나는 횡단보도를 건너면서도 내 그림자를 계속 바라보았다. 분명 내 그림자인데, 왠지 내 것이 아닌 것처럼 느껴졌다. 마치 꿈속에서 나를 바라보던 '그것'처럼.

학교 화장실에서 손을 씻고, 거울을 바라보았다. 그리고 나는 거기 그대로 멈춰 서 있었다. 거울 속의 나는 분명 나였다. 하지만 어딘가 미묘하게 달라져 있었다. 눈빛이 낯설었고, 표정이 사라져 있었다. 나는 천천히 손을 들어 거울을 만졌다. 차가운 유리 표면이 손끝에 닿았다. 당연한 감각인데도, 왠지 모르게 현실감이 없었다.

"이게 진짜 내 얼굴이 맞을까?"

그 순간, 꿈속에서 들려왔던 목소리가 다시 귓가를 스쳤다.

"시스템 관리자에 의해 서버에서 퇴장됩니다."

나는 숨을 들이쉬며 거울에서 시선을 떼었다. 그리고 괜히 손을 털고, 아무렇지 않은 척 문을 열고 나왔다. 하지만 발걸음을 옮기면서도, 내가 거울 속에 남아 있는 건 아닌지, 거울 속의 '나'가 그대로 나를 바라보고 있는 건 아닌지, 그런 쓸데없는 생각이 머릿속을 맴돌고 있었다. 하루 종일 머릿속이 무거웠다. 수업에 집중할 수 없었고, 노트에 적는 글자들도 뒤섞이는 것 같았다. 시간이 느리게 흘렀다가, 갑자기 빨라지는 것 같기도 했다. 그리고 점심시간, 복도 끝에서 익숙한 얼굴이 보였다.

"선배!"

우연이었다. 그녀는 언제나처럼 밝은 얼굴로 나를 향해 걸어왔다. 나는 반사적으로 표정을 정리했다.

"무슨 일 있어요? 왜 이렇게 연락이 없어요!"

나는 가벼운 웃음을 지으며 대답했다.

"시험 준비하느라."

"흐음, 진짜?"

우연은 내 얼굴을 유심히 들여다보았다.

나는 애써 아무렇지 않은 듯 고개를 돌렸다.

그런데 그녀의 눈빛이 나를 꿰뚫고 있는 것 같았다.

마치 내가 하고 싶은 말을 대신 말해 줄 것처럼.

"선배, 어디 아파요?"

나는 순간적으로 숨이 막혔다. 하지만 이내 고개를 저으며 짧게 대답했다.

"아니."

"거짓말."

나는 다시 그녀를 바라보았다. 우연은 여전히 가볍게 웃고 있었지만, 그 눈빛만큼은 날카롭게 나를 보고 있었다. 마치 내가 지금 거짓말을 하고 있다는 걸 처음부터 알고 있었다는 듯이.

나는 집에 돌아와 시험공부를 재개했다. 시험기간이 되면, 시간은 묘하게 다르게 흘러간다. 같은 하루라도 평소보다 느린 것 같다가도, 한순간에 정신없이 지나가 버린다. 나는 책상 앞에 앉아 문제집을 펼쳤다. 고요한 방 안에는 종이에 연필이 스치는 소리만이 잔잔하게 울렸다. 밤은 조용했고, 창밖에서는 가끔 차가 지나가는 소리만 희미하게 들려왔다. 모든 것이 정지된 듯한 이 시간 속에서, 나는 오직 한 가지, 문제 속에 담긴 작은 우주를 탐험하고 있었다. 나는 수학 문제를 풀고 있었다. 눈앞에는 복잡한 공식과 기호들이 가득했다. 숫자와 문자들이 서로 얽혀 하나의 질서를 만들어 내고 있었다. 공식을 따라가다 보면 길이 보이고, 때로는 예상하지 못한 곳에서 길이 막히기도 한다. 그럴 때면 나는 잠시 멈춰 서서 다시 처음부터 돌아보았다. 문득, 이런 생각이 들었다.

'우리의 삶도 어쩌면 이와 같지 않을까.'

공식이라는 것은 결국 과거의 사람들이 만들어 놓은 길이다. 누군가가 고민하고 발견한 원리를 따라가면, 우리는 같은 결과를 얻을 수 있다. 하지만 삶에는 정답이 없다. 어떤 선택을 해야 하는지, 어떤 길을 따라가야 하는지, 어느 누구도 완벽한 공식을 남겨 두지 않았다. 그래서 우리는 헤매는 것이다. 그리고 나는 지금, 수학 문제를 풀면서 나의 길을 고민하고 있었다. 나는 펜을 들어 문제를 풀어 나갔다. 종이에 남겨지는 잉크 자국들이, 마치 나의 생각이 형태를 얻어가는 과정처럼 느껴졌다. 문제를 이해하려 애쓰고, 손을 움직여 계산하고, 때로는 틀린 길로 빠지기도 하고, 다시 돌아와 정답을 찾아간다. 이 과정이 반복되면서, 나는 단순히 공부를 하는 것이 아니라, 내 머릿속의 사고방식을 단련하고 있는 것 같았다. 어쩌면, 우리의 모든 선택과 고민들도 이런 흔적으로 남아 있는 게 아닐까. 삶이라는 문제를 풀어 나가면서, 우리는 저마다의 답을 찾아가고, 그 과정에서 우리의 흔적이 쌓여 간다. 나는 잠시 펜을 내려놓고 노트를 바라보았다. 수많은 낙서, 지워진 계산식, 빼곡히 적힌 풀이 과정들. 그것들은 모두 내가 이 순간을 지나왔다는 증거였다.

나는 잠시 숨을 돌리기 위해 창문을 열었다. 찬 공기가 방 안으로 흘러들었다. 밤하늘에는 흐릿한 별빛이 떠 있었다. 어릴 때는 별을 보면서 항상 같은 질문을 던지곤 했다.

"저 별까지 가려면 얼마나 걸릴까?"

"저 별에서는 우리를 어떻게 보고 있을까?"

하지만 지금의 나는,

"이 밤하늘 아래, 나는 어디쯤 와 있는 걸까?"라는 질문을 던지고 있었다.

나는 여전히 답을 알지 못했다. 하지만 적어도, 이 순간 나는 나만의 작은 우주를 탐험하고 있었다. 책상 위에서, 노트 위에서, 그리고 내 생각 속에서. 나는 다시 책상 앞에 앉았다. 지금 해야 할 일은, 이 문제를 풀어 나가는 것. 그리고 내 앞에 놓인 또 다른 길을, 천천히, 나만의 방식으로 걸어가는 것이다.

햇살이 눈부셨다. 따뜻한 바람이 불어왔고, 나뭇잎이 부드럽게 흔들렸다. 나는 천천히 눈을 떴다. 창밖으로는 맑은 하늘이 펼쳐져 있었다. 그리고 창문 틈으로 불어오는 여름 바람이 기분 좋게 살갗을 스쳤.

"선배! 일어나세요~!"

낯익은 목소리가 들려왔다. 나는 눈을 비비며 천천히 몸을 일으켰다. 문 앞에는 우연이 서 있었다. 밝은 미소를 머금고, 나를 향해 손을 흔들고 있었다.

"또 늦잠 잤죠?"

나는 피식 웃으며 고개를 저었다.

"아니, 방금 일어나려던 참이었어."

"거짓말~! 선배는 항상 늦잠 자잖아요."

우연은 내 책상을 힐끔 보더니, 살짝 눈을 찌푸렸다.

"어제도 밤새 공부했죠?"

나는 멋쩍게 웃었다.

"조금만. 시험이 얼마 안 남았잖아."

"공부도 좋지만, 너무 무리하지 말라구요!"

우연은 잔소리를 하면서도 웃고 있었다. 나는 그런 그녀를 보며 조용히 미소를 지었다. 이곳에서의 생활은 언제나 평온했다. 아침이면 우연이 나를 깨우러 왔고, 우리는 함께 학교에 가고, 수업이 끝나면 종종 카페에 들러 시간을 보냈다. 이 일상이 너무나도 자연스러웠다. 하지만 학교로 가는 길.

나는 가벼운 마음으로 우연과 함께 걸었다. 햇살이 부드럽게 내리쬐고 있었고, 주변에는 익숙한 풍경이 펼쳐져 있었다. 그런데 문득, 나는 뭔가 이상한 기분이 들었다.

"선배, 왜 그래요?"

우연이 내 눈치를 살피며 물었다. 나는 고개를 갸웃하며 주변을 둘러보았다.

"…. 뭔가 이상해서."

"뭐가요?"

나는 대답 대신 가만히 거리를 바라보았다. 그리고 그때 깨달았다. 너무 완벽했다. 하늘에는 구름 한 점 없었고, 길거리를 지니는 사람들은 전부 적당한 미소를 띠고 있었다. 자동차는 일정한 속도로만 움직였고, 심지어 새들이 나는 모습조차 마치 정해진 패턴처럼 반복되고 있었다. 어떤 사람은 몇 분 전과 똑같은 동작으로 전화기를 만지작거리고 있었고, 어떤 아이는 몇 번이고 같은 거리에서 넘어지고 있었다. 나는 순간 섬뜩한 기분이 들었다.

"…. 우연아."

"네?"

나는 잠시 고민하다가, 조심스럽게 입을 열었다.

"우리는… 매일 똑같이 살아가는 것 같지 않아?"

우연은 나를 빤히 쳐다보더니, 맑게 웃으며 말했다.

"그게 일상이잖아요, 선배."

나는 그녀의 미소를 바라보며, 묘한 위화감을 느꼈다. 그리고 그 순간, 머릿속 어딘가에서 희미한 목소리가 들려왔다 "…. 이 세계는 가짜다."

나는 순간적으로 멈춰 섰다.

"선배? 왜 그래요?"

우연이 내 얼굴을 들여다보았다. 나는 그녀를 바라보며, 희미하게 일어나는 불안을 애써 눌렀다.

"아니, 아무것도 아니야."

우연은 의아한 듯 고개를 갸웃했지만, 곧 환하게 웃으며 내 팔을 살짝 잡아끌었다.

"그럼 빨리 가요! 지각하겠어요!"

나는 그녀를 따라 걸었다. 하지만 마음 한구석에는 어딘가 모를 찜찜함이 남아 있었다. 이상하게도, 이 모든 것이 너무 익숙하면서도 낯설게 느껴졌다. 마치 이 세계가, 한 번쯤 다시 살아 본 적 있는 곳처럼. 햇빛을 받은 그녀의 머리카락이 살짝 흔들렸다. 잠시 말없이 걷다가, 우연이 내 옆을 슬쩍 보며 물었다.

"어제 공부 잘했어요?"

"그럭저럭."

"흠, 그냥 그럭저럭일 리가 없는데? 선배 표정이 묘하게 만족스러워 보여요."

나는 잠시 망설이다가, 어제 밤에 했던 생각들을 조심스럽게 입 밖에 내 보았다.

"그냥… 공부하다가 그런 생각이 들었어."

"어떤 생각이요?"

"수학 문제를 풀면서, 그게 꼭 인생 같다는 생각."

"오?"

우연이 흥미롭다는 듯 눈을 반짝이며 나를 바라보았다.

나는 천천히 말을 이었다.

"문제를 풀 때, 우리는 정해진 공식을 따라가잖아. 누군가가 만들어 둔 길을 따라가면 답이 나오지."

"음, 그렇죠."

"그런데 삶은 다르잖아.

누구도 정답을 알려 주지 않고,

어떤 길을 가야 할지도 스스로 선택해야 해."

"음… 그러네요."

우연은 고개를 끄덕였다. 나는 길가에 떨어진 낙엽을 툭 찬 뒤, 다시 말을 이었다.

"그래서 생각했어. 우리는 계속 문제를 풀어나가는 과정 속에 있는 거라고."

"문제를 푼다는 게, 그냥 시험 문제 말고…?"

그래. 삶에서 마주하는 모든 선택과 고민들.

어떤 길로 가야 할지 모를 때도 있고, 틀린 길로 갔다가 다시 돌아올 때도 있고.

"와, 선배 어제 밤에 되게 철학적인 생각 했네요?"

우연이 장난스럽게 웃으며 말했다.

나는 어깨를 으쓱했다.

"공부하면서도 잡생각을 많이 하는 타입이라."

"근데 그 말 맞는 것 같아요."

우연은 잠시 하늘을 올려다보았다.

"그럼, 선배는 지금 풀고 있는 문제를 잘 풀어 나가고 있어요?"

나는 그 질문에 잠시 걸음을 멈췄다. 그녀의 질문은 단순한 시험 문제가 아니라, 내 삶에 대한 질문이었다. 나는 어제 밤 창밖을 바라보며 던졌던 내 질문을 떠올렸다.

"이 밤하늘 아래, 나는 어디쯤 와 있는 걸까?"

나는 천천히 답했다.

"아직 모르겠어. 근데…."

나는 우연을 바라보았다. 그녀는 조용히 내 대답을 기다리고 있었다.

"적어도… 지금은 맞는 길을 가고 있는 것 같아."

우연은 환하게 웃었다.

"그럼 됐죠! 정답을 찾는 게 중요한 게 아니라, 풀어 가는 과정이 중요한 거잖아요."

나는 그녀의 말을 곱씹으며, 다시 발걸음을 옮겼다. 그녀와 나란히 걷는 이 길이, 어쩌면 지금 내게 주어진 또 하나의 '문제'일지도 모른다고 생각하면서.

오늘은 시험을 치는 날이었다. 나는 심호흡을 한 뒤 교실로 들어갔다. 시험지 위로 시계 초침 소리가 또렷하게 울렸다.

"지금부터 시험을 시작하겠습니다."

감독관의 차분한 목소리가 들리자, 교실은 조용해졌다.

뒤적이는 종이 소리, 볼펜이 움직이는 소리, 누군가가 무의식적으로 책상을 두드리는 소리. 나는 천천히 시험지를 넘겼다. 첫 번째 문제부터 차분히 살펴보았다. 처음에는 비교적 쉬운 문제들이 나왔다. 사전 문제 풀이처럼 공식만 제대로 적용하면 되는 것들이었다. 머릿속에서 자연스럽게 정리가 되었다. 나는 자신 있게 손을 움직였다. 숫자가 종이 위에 차곡차곡 쌓여 갔다. 하나씩 답을 적어나가는 과정이 묘하게 만족스러웠다. 마치 제대로 된 길을 따라 걷고 있는 기분. 그런데 시험지 중반을 넘어가자, 갑자기 낯선 문제가 나왔다. 분명 배운 적 있는 개념이긴 한데, 평소 연습했던 유형과는 조금 달랐다. 나는 펜을 잠시 멈추고 문제를 다시 읽었다. 머릿속이 순간 하얘졌다. 지금까지 차분했던 마음이 갑자기 불안해졌다. 시험장 특유의 긴장감이 내 머릿속을 조용히 흔들고 있었다. 나는 침착하려 애쓰며, 공식을 떠올렸다. 하지만 공식만으로는 이 문제를 풀 수 없었다. 나는 손끝을 톡톡 두드리며 깊이 생각했다. 무작정 답을 쓰는 게 아니라, 어떻게 풀어나가야 할지 방향을 먼저 잡아야 했다. 그리고 그 순간, 어제 우연과 했던 대화가 떠올랐다.

"문제를 푼다는 게, 그냥 시험 문제 말고…?"

"그래. 삶에서 마주하는 모든 선택과 고민들. 어떤 길로 가야 할지 모를 때도 있고, 틀린 길로 갔다가 다시 돌아올 때도 있고."

나는 눈을 감았다가 다시 떴다. 그리고 천천히, 문제를 다시 바라보았다. 그제야 보였다. 조금 돌아가더라도, 차근차근 접근하면 풀 수 있는 길이. 나는 조용히 펜을 들었다. 우선, 문제의 구조를 분석했다. 단순한 공식 적용이 아니라 여러 개념이 연결된 문제였다. 나는 여러 방향으로 접근해 보았다. 처음 시도한 풀이, 막다른 길이었다. 두 번째 시도한 풀이,

가능성이 살짝 보였다. 조금씩 실마리가 잡혔다. 마지막 계산까지 하고, 답을 적었다. 나는 다시 한 번 검산을 하며 확인했다. 나는 그제야 숨을 내쉬었다. 시험 종료까지 10분. 마지막 문제가 남아 있었다. 나는 손목을 가볍게 돌리며 마지막 문제를 읽었다. 그리고 피식 웃었다. 문제를 푸는 순간, 떠올랐다. 어제 밤, 책상 앞에 앉아 고민하던 나 자신. 창밖을 바라보며 '나는 어디쯤 와 있는 걸까' 생각했던 순간. 그리고 오늘 아침, 우연과 함께 나눈 대화. 나는 천천히 펜을 움직였다. 마지막 답을 적고, 작은 마침표를 찍었다.

"시간 종료입니다. 모두 펜을 내려놓으세요."

나는 조용히 펜을 내려놓았다. 시험지를 넘겨주며, 마지막으로 문제지를 한 번 더 바라보았다. 어쩌면, 이번 시험은 단순한 점수 이상의 의미를 가질지도 모른다. 그동안 내가 얼마나 고민했고, 어떤 길을 걸어왔고, 어떤 방식으로 문제를 풀어 나갔는지, 그 모든 과정이 고스란히 이 시험지 위에 남겨져 있었다. 나는 깊게 숨을 들이마시고, 조용히 미소를 지었다. 그리고, 책상 위에서 나의 작은 '길'을 남겨 둔 채 사리에서 일어났다.

나는 나머지 시험을 모두 마치고 홀가분한 마음으로 학교를 나섰다. 1층 로비에서 우연을 만나기로 한 터라 나는 조금 일찍 나와서 우연을 기다렸다. 그동안 쌓인 피로가 몰려왔지만, 마음만큼은 이상하리만치 가벼웠다. 우연과 나란히 걷고 있었다.

"선배, 시험 잘 봤어요?"

"나쁘지 않았어. 너는?"

"저도 뭐, 그냥저냥 봤어요."

우연은 평소처럼 장난스럽게 웃었지만, 내색하지 않으려 해도 시험이 끝났다는 해방감이 표정에 묻어나고 있었다. 시험기간 내내 머릿속을 가득 채우고 있던 수식과 문장들이 이제는 점점 희미해져 가는 느낌이었다. 지금 이 순간만큼은, 점수나 결과 따위보다 이 자유로운 기분을 더 오래 붙잡아 두고 싶었다.

"우리 어디 들렀다 갈래요?"

우연이 물었다.

나는 잠시 고민하다가 고개를 저었다.

"오늘은 그냥 집에 갈래."

"아쉽지만 알겠어요. 그럼 다음에!"

우연과 함께 길을 따라 걸어가는데, 집 앞 골목길에서 이상한 기운이 느껴졌다. 불이 꺼진 가로등 아래, 한 남자가 쭈그려 앉아 있었다. 술에 취한 듯한 얼굴, 흐트러진 옷차림, 그리고 손끝에서 피어오르는 담배 연기. 우연도 눈치를 챘는지 속도를 살짝 늦추었다. 하지만 그 남자는 우리를 보고도 별다른 반응 없이, 그저 하늘을 올려다보며 담배 연기를 천천히 내뿜고 있었다. 나는 그냥 지나치려 했지만 그때,

"학생들, 담배 한번 피워 볼래?"

우리는 동시에 멈춰 섰다. 나는 당황한 기색을 감추지 못한 채, 우연과 눈을 마주쳤다.

"아저씨, 학생한테 그런 말 하면 안 돼요."

우연이 단호하게 말했다. 하지만 남자는 그저 피식 웃으며 담배를 손끝에서 빙글빙글 돌렸다.

"아, 그냥 하는 소리지. 요즘 애들은 다 모범생인가 봐."

나는 슬쩍 그의 옆을 지나가려 했지만, 그는 담배 연기를 길게 내뱉으며, 마치 혼잣말하듯 말했다.

"인생이 담배 같은 거란 걸 아냐? 꼬맹이들."

나는 흘끗 그를 바라보았다. 술에 취해 비틀거리는 듯했지만, 그의 눈빛은 또렷했다. 우연도 흥미가 생긴 듯한 표정으로 그를 바라보았다. 그는 담배를 손가락 사이에 끼운 채 천천히 흔들었다.

"이거 봐라. 처음 불을 붙이면, 담배 끝이 천천히 타들어 가지. 연기가 피어오르고, 사람들은 그 연기를 들이마시면서 한숨을 내쉬기도 하고, 기분이 좋아지기도 하고."

그는 담배를 한 모금 깊게 들이마셨다. 그리고 하늘을 향해 연기를 길게 내뱉었다.

"근데, 결국엔 남는 게 없어."

그는 슬픈 어조로 말했다.

"어떻게든 빨아들이고, 어떻게든 연기를 내뿜지만, 마지막엔 이 종잇조각 하나만 남아."

그는 담배꽁초를 손끝에서 툭 떨어뜨렸다. 작은 불씨가 바닥 위에서 희미하게 타오르다 곧 사그라졌다.

"사람도 똑같아. 뭔가를 원하고, 쫓아다니고, 들이마시고, 내뱉고… 그렇게 살아가지만, 결국 마지막엔 다 타 버리고 없어지는 거지."

우연이 조용히 물었다.

"그렇다면, 그 과정은 의미가 없나요?"

남자는 우연을 바라보았다. 잠시 침묵이 흘렀다. 그리고 그는 천천히 고개를 저었다.

"아니지. 담배를 피우는 순간만큼은 그게 전부인 것처럼 느껴지잖아. 그러니까 의미는 있어. 근데 그 의미는 사라지는 거야. 남아 있지 않지."

나는 그의 말을 곱씹으며, 바닥에 떨어진 담배꽁초를 바라보았다. 그 작은 조각이 방금 전까지 타오르고 있었다는 사실이 왠지 낯설게 느껴졌다.

"그래도 말이야."

남자는 다시 담배 한 개비를 꺼내 불을 붙였다.

"난 이게 없으면 못 살겠더라."

그는 다시 한 모금 빨아들이며 희미하게 웃었다.

"어떤 사람들은 연기가 허무하다고 하지만, 난 이 허무한 게 있어야 하루를 버티거든."

나는 그의 얼굴을 가만히 바라보았다. 그의 눈빛은 피곤해 보였지만, 어딘가 따뜻한 열기가 남아 있었다.

우연은 가볍게 웃으며 말했다.

"그러면, 아저씨한테는 그게 인생이네요."

남자는 피식 웃었다.

"그렇지. 어차피 인생이 허무하다면, 조금이라도 마음이 편해지는 걸 붙잡아야지 않겠어?"

그는 마지막 연기를 뱉고, 담배를 비벼 끄며 일어섰다.

"학생들도 언젠가 알게 될 거야. 뭘 선택하든, 결국엔 다 연기처럼 사라진다는 걸."

그는 한 번 더 하늘을 올려다보았다. 그 눈빛은 마치, 이미 사라진 어떤 것들을 떠올리고 있는 듯했다. 그리고 그는 조용히 걸어갔다. 우리는 남겨진 연기를 바라보며 잠시 그 자리에 서 있었다.

"선배, 저 아저씨 말… 왠지 멋있지 않아요?"

우연이 장난스럽게 물었다. 나는 웃으며 고개를 끄덕였다.

"조금은."

"담배 한 번 피워 볼래요?"

우연이 아저씨의 말을 흉내 내며 장난스럽게 말했다.

나는 피식 웃으며 그녀의 이마를 살짝 쳤다.

"아야, 아파요!"

우리는 다시 걸음을 옮겼다. 집 앞은 여전히 조용했고, 아까의 연기는 흔적도 없이 사라져 있었다. 그의 말처럼, 인생도 언젠가는 연기처럼 사라지는 걸까. 하지만 나는, 그 연기가 피어오르는 순간만큼은 분명히 존재하고 있다는 사실이 중요하다고 생각했다. 그리고 나는 지금, 우연과 함께 이 길을 걷고 있다. 이 순간은 분명히 사라지지 않을 것이다.

오늘은 토요일, 시험이 끝난 다음 날이었다. 우연이 내게 나가서 놀자고 졸랐지만 너무 피곤했던 나는 그녀에게 다음을 기약했다. 나는 오늘 하루, 아무것도 하지 않기로 했다.

시험도 끝났고, 머릿속을 채우고 있던 고민들도 잠시 내려놓고 싶었다. 우연과 있었던 일들, 이상한 꿈, 술 취한 아저씨의 말까지. 모든 것이 빠르게 지나갔고, 나는 그 속에서 따라잡히지 않으려 허겁지겁 달려왔던 것 같다. 그러니 오늘만큼은, 아무 생각 없이 하루를 보내기로 했다. 아침부터 늦잠을 잤다. 알람을 맞춰 놓지 않았고, 눈이 저절로 떠질 때까지 그대로 누워 있었다. 햇빛이 커튼 사이로 희미하게 스며들었고, 방 안에는 정적이 감돌았다. 나는 몸을 뒤척이며 한 손으로 이불을 끌어당겼다.

"조금만 더…."

그렇게 몇 번을 더 뒹굴다가, 결국 침대에서 일어났다. 하지만 딱히 뭘 해야겠다는 생각은 들지 않았다. 나는 한참 동안 침대에 걸터앉아 멍하니 창밖을 바라보았다. 별다른 풍경이 펼쳐지는 것도 아니었지만, 그냥 이렇게 가만히 앉아 있는 것만으로도 마음이 차분해지는 기분이었다.

오랜만에 책을 펼쳤다. 한동안 바빠서 읽지 못했던 소설이었다. 나는 처음부터 다시 읽기 시작했다. 책 속의 인물들이 살아가는 이야기를 따라가면서, 조금씩 현실에서 벗어나고 있는 기분이 들었다. 한 줄, 한 줄. 책장을 넘기다 보면,

내가 가진 고민들도 책 속으로 녹아들어 버릴 것만 같았다. 책을 읽는 동안은 온전히 그 세계에 빠질 수 있어서 좋다. 다른 사람의 생각 속에서 잠시 머물 수 있어서 좋다. 그렇게 한참을 읽다가 문득 고개를 들었다. 창밖의 하늘은 어느새 오후로 넘어가고 있었다. 나는 잠시 책을 덮고 몸을 뒤로 기대었다. 창밖의 하늘은 조금 더 짙은 색으로 변해 가고 있었다. 시간이 이렇게 빨리 흘렀나. 책 속에서 빠져나오면서도, 나는 방금까지 읽었던 문장들이 머릿속을 맴돌고 있다는 걸 깨달았다. 주인공은 마지막 순간 어떤 선택을 해야 할지 고민하고 있었고, 그 과정에서 끊임없이 자신에게 질문을 던지고 있었다. 그리고 나는, 책을 덮었음에도 여전히 같은 고민을 하고 있었다.

"과연 나는 맞는 길을 가고 있을까?"

나는 살짝 고개를 흔들었다.

"이런 생각은 그만해야지."

머리를 식히기 위해 창문을 열었다. 여름의 선선한 저녁 바람이 부드럽게 방 안으로 스며들었다. 책 속에서 헤매던 생각들도, 이 바람과 함께 멀

리 날아가 버리면 좋겠다. 나는 천천히 숨을 들이마시고, 다시 책을 펼쳤다. 이제는 더 이상 생각하지 않고, 그저 문장 속에 몸을 맡기기로 했다. 책 속에 빠져 있던 나는 핸드폰 진동 소리에 문득 현실로 돌아왔다. 낯설지 않은 번호였다. 나는 화면을 확인하고, 조용히 전화를 받았다.

"여보세요."

"우리 아들, 뭐 하고 있었어?"

엄마였다. 오랜만에 듣는 목소리였다. 나는 무심한 듯 대답했다.

"그냥, 집에 있었어."

"공부는 잘하고 있고?"

"시험 끝났어."

"아, 맞다. 시험 끝났구나! 잘 봤어?"

"그냥 그럭저럭."

엄마는 작은 탄식을 내쉬었다.

"너는 항상 그 말이야. 그냥 잘 봤다고 하면 어디가 덧나니?"

나는 피식 웃었다.

"밥은 먹었어?"

"응. 뭐 대충."

"대충 먹지 말고 잘 챙겨 먹어. 열심히 공부해야 하는데 어쩌려고 그래."

"알았어."

대화는 평소처럼 단순했다. 하지만 이상하게도, 엄마의 목소리를 듣고 있자니 아주 오랜만에, 아주 따뜻한 곳에 발을 들인 기분이 들었다. 엄마와 나는 원래 긴 통화를 하지 않는다. 서로 많은 이야기를 하지 않아도, 어느 정도는 서로를 알고 있기 때문일지도 모른다.

"별일 없지?"

엄마는 항상 이 말을 덧붙인다. 그 속에는 수많은 질문이 담겨 있다. 힘들진 않니? 외롭진 않니? 괜찮니?

하지만 나는 항상 같은 대답을 한다.

"응, 별일 없어."

그게 사실이든 아니든 간에. 엄마는 내 대답을 듣고도 잠시 침묵했다. 마치, 내 목소리만으로 무언가를 읽어내려는 것처럼.

"그래, 별일 없으면 됐어."

그 한마디에 묘한 안도감이 들었다.

"우리 아들, 뭐 필요한 거 없어?"

"괜찮아. 필요한 거 있으면 말할게."

"그래. 그래도 뭐든 먹고 싶은 거 있으면 얘기해. 내일 반찬이라도 보내줄까?"

나는 잠시 망설이다가 고개를 저었다.

"아니야. 요즘 잘 챙겨 먹고 있어."

"진짜? 너 그거 뻥이지?"

"진짜야."

"에이, 못 믿겠네."

엄마는 작게 웃었다. 그 목소리를 듣고 있자니, 문득 아주 오래전 생각이 났다. 어릴 때, 내가 감기에 걸려 기운 없이 누워 있으면 엄마는 항상 죽을 끓여 주었다. 그때도 나는 '입맛이 없다'며 숟가락을 들지 않았지만, 결국 엄마의 등쌀에 못 이겨 한 숟갈, 두 숟갈 떠먹었었다. 지금도 엄마는 여전히 나를 챙기고 있었다. 비록 멀리 떨어져 있어도, 전화를 통해서라도.

"그래도 가끔은 좀 챙겨 먹어. 혼자 있으면 대충 때우기 쉽잖아."

"알았어, 엄마."

"그래, 우리 아들."

그 짧은 한마디가, 괜히 마음을 따뜻하게 만들었다. 엄마는 더 이상 잔소리를 하지 않았다.

"그래, 그럼 이만 끊자. 다음에 또 전화할게."

"응, 잘 지내. 사랑해, 엄마."

"낯간지럽게. 아들도 잘 지내."

뚝—

통화가 끝났다. 나는 한동안 핸드폰을 내려놓지 않은 채, 조용한 방 안에서 천장을 바라보았다. 별다른 이야기가 오간 것도 아니었고, 엄마는 평소처럼 나를 챙겼고, 나는 평소처럼 괜찮다고 대답했을 뿐인데. 그 짧은 대화가 어쩐지 오래 마음속에 남아 있을 것만 같았다. 나는 핸드폰을 천천히 내려놓고, 다시 소파에 몸을 기댔다. 그러다 문득 심심해져서 오랜만에 방을 정리했다. 정리하던 중 서랍장에서 오래된 라디오 하나가 나왔다. 나는 가만히 라디오를 내려다보았다.

"이거, 언제부터 있었지?"

나는 이런 라디오를 산 적도, 선물 받은 적도 없었다. 하지만 그것은 먼지도 거의 없이 깨끗한 상태였고, 마치 방금 전에라도 누군가가 사용한 것처럼 보였다. 나는 약간 찝찝한 기분이 들었지만, 호기심이 들어 전원을 켰다.

치이이이이이이익—

라디오에서 거친 잡음이 흘러나왔다. 나는 주파수를 천천히 돌렸다. 잡음뿐이었다.

"망가졌나?"

나는 실망하며 전원을 끄려고 했다.

그 순간—

"…. 이 방송을 듣고 있다면, 조용히 들어."

나는 얼어붙었다. 라디오 속 목소리는 낮고 조용했다.

"너는 지금 꿈을 꾸고 있는 거야."

나는 본능적으로 주파수를 돌리려 했지만, 손이 떨려 움직이지 않았다.

"…. 뭐?"

"네가 있는 곳, 거기는 진짜가 아니야. 누군가가 보고 있어."

심장이 빠르게 뛰기 시작했다.

"이거… 장난 아니야?"

나는 라디오를 끄려고 손을 뻗었다.

그러나 그 순간—

"제발, 깨닫지 마."

치이이이이익—

라디오는 다시 거친 잡음만을 내뱉었다. 나는 라디오를 내려놓고 한참을 멍하니 앉아 있었다. 방 안은 여전히 조용했지만, 왠지 모르게 누군가가 나를 지켜보고 있는 것 같은 기분이 들었다. 나는 천천히 자리에서 일어나 창문을 바라보았다. 거리에는 평소처럼 사람들이 지나가고 있었다. 하지만, 그중 한 사람의 고개가 이상하게도 내 방 창문을 똑바로 바라보고 있었다. 나는 급히 커튼을 닫고 숨을 삼켰다.

"…. 누군가 보고 있어."

그 말이 머릿속에서 떠나지 않았다. 나는 애써 무시한 채 잠을 청하러 침대로 향했다.

오늘도 늦잠을 자려고 했지만 우연의 전화로 아침 일찍부터 잠이 달아났다.

"선배! 우리 오늘 놀러 갈래요?"

"어디로?"

"음… 그냥, 발길 닿는 대로 가요. 오랜만에 자유롭잖아요!" 우연은 마치 바람처럼 자유롭고, 햇빛처럼 밝았다. 그리고 그런 그녀와 함께라면, 어디를 가든 재미있을 것 같았다.

"출발~! 빨리 나와요!"

나는 전화를 끊고 급하게 준비를 한 뒤 나갔다. 우리는 거리를 걸으며 별다른 목적 없이 시간을 보냈다. 길거리 음식도 사 먹고, 작은 서점에 들러 책을 구경하기도 했다. 조용한 공원 벤치에 앉아 바람을 맞으며 대화를 나누기도 했다. 정말 오랜만에 느끼는 평화로운 하루였다.

"배고프지 않아요? 우리 뭐 먹을까요?"

"그러게. 뭐 먹고 싶어?"

"음… 저기 골목 안쪽에 분위기 좋은 가게가 있던데!"

우연이 손가락으로 가리킨 곳은 작은 이면도로였다. 한적한 분위기의 길이었고, 가게 간판들이 오밀조밀 모여 있었다. 나는 별다른 의심 없이 그녀를 따라 그 골목으로 들어섰다. 그런데 그 순간,

"야! 이리 안 와?"

날카로운 외침이 골목 안쪽에서 들려왔다. 나는 본능적으로 걸음을 멈췄다. 골목 안쪽, 희미한 가로등 아래. 네 명의 남자가 한 소년을 둘러싸

고 있었다. 소년은 교복을 입고 있었고, 손에 작은 가방을 꼭 쥔 채 겁에 질린 얼굴을 하고 있었다.

"아, 제발… 돌려주세요."

소년은 떨리는 목소리로 말했다. 그러나 그를 둘러싼 남자들은 비웃으며 가방을 높이 들어 흔들고 있었다.

"뭐? 돌려달라고? 돈은 잘도 받아먹더니, 이제 와서?"

"한 번만 더 기회를 주지. 이번에도 준비 못 하면, 어떻게 되는지 알지?"

나는 순간적으로 상황을 파악했다. 이건 단순한 싸움이 아니었다. 누군가가 누군가를 괴롭히는, 명백한 폭력의 순간이었다.

"저거…."

우연이 나지막이 말했다. 나는 조용히 그녀의 팔을 붙잡았다.

"일단 상황을 더 보자."

하지만 우연은 가만히 있지 않았다.

"저 친구가 무서워하는 게 보여요. 도와줘야 하지 않아요?" 나는 속으로 고민했다. 무작정 개입하는 건 위험했다. 그러나 가만히 두고 보기에도, 이 장면은 너무 끔찍했다. 그때, 한 남자가 소년의 어깨를 거칠게 잡아당겼다.

"대답 안 해?!"

소년은 몸을 움츠리며 눈을 질끈 감았다. 그 순간,

"그만하세요!"

우연이 목소리를 높였다. 나는 깜짝 놀라 그녀를 바라보았다. 네 명의 남자들도 동시에 우연을 쳐다보았다.

"너 뭐야."

우연은 한 걸음 앞으로 나섰다.

"얘가 싫어하는데, 왜 그러는 거예요?"

나는 속으로 한숨을 삼켰다. 이제는 더 이상 피할 수 없는 상황이 되어 버렸다. 나는 조용히 우연 옆에 섰다.

"이런 식으로 사람을 몰아붙이는 건 비겁해 보이는데요."

남자들 중 한 명이 코웃음을 쳤다.

"너희 뭐냐? 참견하고 싶으면 똑바로 해 보든가."

한 명이 우리 쪽으로 천천히 다가왔다. 나는 순간적으로 심장이 뛰었다. 싸움이 벌어질 수도 있었다. 하지만 그때, 무언가 이상한 일이 벌어졌다. 남자들이 순간 흠칫하며 뒤를 돌아봤다.

"왜 하필 지금 오는 거야! 짜증 나게."

남자들은 더 이상 어쩌지 못하고, 겁에 질린 채 도망갔다. 그들의 눈에 다른 것이 보인 것일까? 소년은 여전히 겁에 질린 얼굴로 서 있었다. 나는 많이 의아했지만 그에게 다가갔다.

"괜찮아?"

소년은 눈을 깜빡이며 천천히 고개를 끄덕였다.

"고, 고마워요…."

"무슨 일이였던 거야? 저 남자들은 왜 갑자기 도망치는 거고?"

소년은 갑자기 허공에 대고 무언갈 설명하기 시작했다. 나는 또 한번 의아했다.

"우연아, 애 많이 겁먹은 걸까?"

우연은 잠시 멈칫하고 말했다.

"그, 그러게요. 하하… 무서워서 그런가 봐요."

그때 경찰들이 들이닥쳤다. 한 경찰은 호루라기를 불며 우리가 있는 골목으로 뛰어 들어왔고 다른 한명은 소년에게 가서 괜찮냐고 물어보고 있었다. 나는 소름이 돋았다. 그 광경이 마치… 오류가 생긴 게임 캐릭터 같았기 때문이다.

오늘은 그저 시험이 끝난 기념으로 평범한 하루를 보내려 했는데, 예상치 못한 사건을 마주하게 됐다. 하지만 이런 일도 어쩌면 삶의 일부일지도 모른다. 우연히 마주친 누군가를 돕고, 우연히 흘러가는 시간 속에서 변화를 만들어 가는 것. 나는 그런 생각을 하며 하늘을 올려다보았다. 하지만 아직 내 뇌에는 공포가 새겨져 있었다. 해는 이미 지고, 도시의 불빛이 하나둘 켜지고 있었다.
"우리 이제 뭐 할까요?"
우연이 내 옆에서 웃으며 물었다. 나는 잠시 고민하다가 말했다.
"밥이나 먹으러 가자."
그렇게 평범한 하루로 돌아왔다. 그러나 나는 알았다. 이 하루는 더 이상 평범하지 않게 기억될 거라는 것을.
우연과 나는 아무 말 없이 길을 걸었다. 방금 있었던 일이 아직 머릿속에서 완전히 사라지지 않았지만, 지금은 그보다도 따뜻한 밥 한 끼가 더 간절했다.
"선배, 우리 뭐 먹어요?"
우연이 내 옆에서 가볍게 팔을 흔들며 물었다. 나는 잠시 고민하다가 대충 손을 휘저었다.
"아무거나. 네가 먹고 싶은 걸로."

제2장 유포리아

"오~ 선택권이 제게 있군요? 그럼…"

우연은 가게 간판들을 쭉 훑어보더니, 눈을 반짝이며 한 곳을 가리켰다.

"저기 어때요?"

그녀가 손가락으로 가리킨 곳은 노란 조명이 아늑하게 비추고 있는 작은 식당이었다. 창가 쪽 자리에는 몇몇 손님들이 소곤소곤 대화를 나누고 있었다. 나는 고개를 끄덕였다.

"좋네. 들어가자."

우리는 창가 자리에 앉았다. 벽에는 오래된 나무 액자와 낡은 메뉴판이 걸려 있었고, 테이블 위에는 조그만 화병에 꽃 한 송이가 꽂혀 있었다. 식당 안은 조용하고 따뜻했다. 우리는 메뉴를 고르고, 따뜻한 국이 나올 때까지 기다리며 이런저런 이야기를 나눴다.

"선배, 아까 좀 멋있었어요."

우연이 갑자기 장난스럽게 웃으며 말했다. 나는 물을 마시던 중이었는데, 그 말에 순간 기침이 날 뻔했다.

"뭐?"

"아까 골목에서요! 저 혼자였다면 좀 무서웠을 것 같은데, 선배가 옆에서 딱 버텨 주니까 든든했어요."

나는 어색하게 웃으며 머리를 긁적였다.

"그냥… 너 혼자 나서는 게 걱정돼서."

"후훗, 역시 선배는 츤데레 스타일인가요?"

"아니거든."

"아닌데요~?"

우연은 짓궂게 웃으며 내 눈을 바라보았다. 나는 더 이상 반박하지 않고 그냥 수저를 정리했다. 그녀가 웃을 때마다, 왠지 모르게 나까지 기분이 좋아졌다. 곧 국이 나왔다. 김이 모락모락 피어오르는 뜨끈한 국물. 나는 한 숟갈 떠서 조용히 불어가며 마셨다. 우연도 조심스럽게 국을 한입 머금더니,

"아, 맛있다!"라고 감탄했다.

그녀는 한 손으로 볼을 받친 채 행복한 표정을 지었다. 나는 그런 모습을 보며 피식 웃었다.

"왜요?"

"그냥, 너는 먹을 때 진짜 맛있어 보이게 먹는구나."

"그럼요! 맛있는 건 맛있다고 표현해야죠!"

우연은 활짝 웃으며 반찬을 하나 집어 먹었다. 나는 고개를 끄덕였다.

"그렇긴 하지."

사실, 혼자 밥을 먹을 때는 그런 감탄 같은 걸 할 일이 거의 없었다. 그저 조용히 음식을 먹고, 그릇을 치우고, 그렇게 끝이었다. 그런데 우연과 함께 먹는 밥은 달랐다. 음식 하나에도 반응을 하고, 그 맛을 공유하고, 소소한 대화가 오가며 자연스럽게 웃음이 피어났다. 이런 게 '누군가와 함께 밥을 먹는' 기분이구나. 나는 그제야 그 소소한 행복을 깨달았다. "선배."

우연이 내 이름을 부르며 젓가락을 내려놓았다. 나는 그녀를 바라보았다.

"오늘 하루, 되게 특별하지 않았어요?"

나는 잠시 생각했다.

"그러게. 전혀 예상하지 못한 하루였네."

"그러니까요."

우연은 수저를 손에 쥐고, 살짝 흔들며 말했다.

"가끔은 이렇게 즉흥적으로 흘러가는 하루도 좋은 것 같아." 나는 그녀의 말을 곱씹었다. 사실, 나는 계획적인 걸 좋아하는 편이었다. 미리 정해진 일정, 예측 가능한 흐름. 그런 것들이 나를 불안하지 않게 만들었다. 하지만 우연은 그런 틀을 가볍게 뛰어넘었다. 그녀와 함께 있으면, 예상치 못한 일들이 일어났고, 그 예상치 못한 순간들이 오히려 특별한 기억이 되었다. 나는 조용히 국을 한 모금 마셨다.

"그래. 이렇게 흘러가는 것도 나쁘지 않네."

"그죠?"

우연은 만족스러운 표정으로 다시 밥을 한입 크게 떠먹었다. 나는 그런 그녀를 바라보며, 이 순간이 오래 기억에 남을 것 같다고 생각했다. 그리고,

"다음에도 맛있는 거 먹자."

무심코 그렇게 말해 버렸다. 우연은 눈을 동그랗게 뜨더니, 곧 장난기 어린 미소를 지었다.

"오~ 약속했어요!"

나는 어색하게 웃으며 고개를 끄덕였다.

"그래, 약속."

그날 저녁, 나는 처음으로 다음을 기약하고 싶다는 마음이 들었다.

나는 그저께 엄마와 전화를 했던 것을 떠올리며 엄마의 집밥이 갑작스럽게 먹고 싶어졌다. 그래서 부모님에게 말씀드리지 않고 깜짝 방문하기로 했다.

딩동—

잠시 후, 엄마의 목소리가 들려왔다.

"어머, 아들! 웬일이래? 문 열려 있으니까 들어와~"

나는 문을 열고 안으로 들어섰다. 집 안에는 익숙한 향이 감돌고 있었다. 깔끔하게 정돈된 거실, 주방에서 풍기는 저녁 냄새. 모든 것이 내가 기억하는 그대로였다. 엄마는 웃으며 나를 식탁으로 이끌었다. 나는 가방을 내려놓고 의자에 앉았다. 그때, 주방에서 아버지가 나오셨다.

"왔냐?"

나는 고개를 끄덕였다. 아버지는 무뚝뚝한 성격이라 늘 짧게 말하는 편이었지만, 오랜만에 보는 얼굴이 반가웠다. 어머니는 따뜻한 국을 한 그릇 떠 주며 말했다.

"아들, 밥 먹어라~. 네가 좋아하는 김치찜 해 놨다."

"오, 진짜?"

나는 기쁘게 숟가락을 들었다.

그 순간 나는 이상한 걸 깨달았다. 숟가락이 하나 더 놓여 있었다. 나는 미간을 찌푸렸다. 식탁에는 분명 네 개의 숟가락과 젓가락이 놓여 있었다. 나, 엄마, 아빠… 그리고 한 사람 더. 나는 순간 몸이 굳었다.

"…. 엄마."

"응?"

나는 천천히 입을 열었다.

"오늘… 우리 집에 다른 사람 왔어?"

어머니는 숟가락을 놓고 나를 바라보았다.

"무슨 소리야?"

"숟가락이 하나 더 있잖아."

나는 빈자리를 가리켰다. 그러나—

아버지가 피식 웃으며 말했다.

"얘가 웬 헛소리를 하냐."

어머니도 싱긋 웃었다.

"그러게, 너 피곤한 거 아니야?"

"아니, 진짜로—"

나는 다시 식탁을 내려다보았다. 그런데, 추가된 숟가락이 사라져 있었다. 나는 순간적으로 숨이 막혔다. 분명히 있었다. 내가 잘못 본 게 아니다. 그런데, 방금 전까지 보였던 숟가락이 존재하지 않았던 것처럼 사라졌다. 나는 말을 잃고 멍하니 식탁을 바라보았다. 어머니는 아무렇지도 않게 밥을 퍼 주며 말했다.

"많이 먹어, 아들."

그 순간, 내 머릿속에서 알 수 없는 경고음이 울렸다. 이상하다. 뭔가가, 뭔가가 확실히 이상하다. 나는 조용히 고개를 숙였다. 그리고, 식탁 맞은편의 빈자리를 바라보았다. 마치, 누군가가 앉아 있었던 흔적이 남아 있는 것처럼.

부모님의 집에서 돌아온 후, 나는 지친 몸을 이끌고 방에 들어왔다. 오늘 하루는 비교적 평범하게 흘러간 듯했다. 나는 가방을 대충 던져두고 침대에 몸을 눕혔다.

"아… 피곤하다."

눈을 감았다가, 곧 다시 떴다. 그 순간, 뭔가 이상하다는 기분이 들었다. 나는 천천히 일어나 주위를 둘러보았다. 방 안에는 아무 이상이 없었다. 책상 위에 던져둔 문제집, 침대 옆 서랍장에 꽂혀 있는 책들. 모든 것이 익숙한 풍경이었다. 그런데, 나는 그 익숙함이 이질적이라고 느껴졌다. 무언가가… 어긋나 있다. 나는 머리를 감싸 쥐었다.

"뭐지, 이 기분…."

그때, 문득 떠오른 생각이 있었다. 나는 서랍장을 열었다. 그 안에는 몇 장의 사진이 있었다. 나는 천천히 사진을 꺼내 들었다. 가족사진이었다. 부모님과 나. 우리는 환하게 웃으며 카메라를 바라보고 있었다. 그런데, 나는 사진을 본 순간, 온몸에 소름이 돋았다. 이 장면을 기억할 수 없었다. 사진 속에서 우리는 분명 행복한 모습이었다. 하지만, 나는 이 사진을 찍은 기억이 전혀 없었다.

"…. 이게, 언제 찍힌 거지?"

나는 다른 사진들도 하나씩 확인했다. 친구들과 찍은 사진. 학교에서 찍은 단체 사진. 모두 내가 분명히 존재했던 순간들이었다. 하지만, 나는 이 사진 속 장면들을 직접 경험한 적이 없었다. 마치, 내가 살지 않은 기억이, 내 추억인 것처럼 존재하고 있었다. 그리고, 마지막 사진 한 장을 꺼냈다. 그 사진 속에는, 우연이 나와 함께 서 있었다. 둘 다 교복을 입고 있었고, 배경은… 어딘가 익숙했다. 나는 사진의 뒷면을 뒤집었다. 거기에는 작은 글씨로 이렇게 적혀 있었다.

「20XX년 5월 17일, 우리는 처음 만났다.」

나는 손을 덜덜 떨었다.

"…. 말도 안 돼."

20XX년 5월 17일. 그날, 나는 우연을 만나지 않았다. 내가 우연을 만난 건, 그보다 훨씬 최근이었다. 그렇다면 이 사진은 뭐지? 나는 급히 서랍을 다시 열어 봤다. 그러나, 사진이 사라져 있었다. 나는 멍하니 빈 서랍을 바라보았다. 분명 방금 전까지 내 손에 있던 사진이, 아무런 흔적도 없이

사라졌다.

"…. 대체 뭐야, 이거."

나는 숨을 몰아쉬며 자리에서 일어났다. 방 안은 조용했다. 하지만, 나는 알 수 있었다. 이곳이, 이 세상이 무언가를 감추고 있다는 사실을.

제 3 장
드리우는 진실

멍청한 놈, 도대체 언제 접근이 가능한 거지?
"격리번호 001, 약물이 통하질 않는군. 얼마나 강한 거냐."
"닥쳐라. 너 따위가 알 수 있는 힘이 아니다."
"그런 모습을 한 채 폼을 잡으니 웃기군, 지금 네놈의 몰골을 보아라. 정신을 삭제시켜도 말을 할 수 있다니, 너의 강인함만큼은 인정해 주마."
"곧 깨어날 것이나. 너희의 혀를 뽑아, 나시는 나를 모욕할 수 없게 만들어 주지."
"뭐, 열심히 해 보라고, '그 세계'에 정신이 전송된 사람들 중 온전히 돌아온 사람은 단 하나도 없으니까 말이야."
"반드시 찢어발겨 주마."
"본능으로 대화를 할 수 있다니, 네 힘은 얼마나 강한 걸까."

나는 계획에 없던 할머니네 댁을 가기로 했다. 부모님과 같이 가고 싶있는데, 조금 아쉬웠지만 어쩔 수 없다. 할머니 댁은 시골에 있었지만 기차를 타면 그리 오래 걸리지 않았다. 오랜만에 할머니 얼굴을 뵈고 밥을 한 끼 먹으려고 계획한 뒤, 나는 기차로 올랐다. 기차가 흔들리며 창밖 풍경이 천천히 흘러갔다. 나는 고개를 기대고 멍하니 바깥을 바라보았다. 산과 들이 끝없이 이어지는 시골 풍경은 조용하고 평화로웠다. 시험도 끝났고, 복잡했던 일상도 잠시 내려 두었다. 이제는 아무 생각 없이 시간을 보내고 싶었다. 그러나, 머릿속 한쪽이 이상했다. 마치 뭔가가 끊어질 듯 끊어지지 않은 채, 가늘게 이어져 있는 느낌. 사라질 듯 사라지지 않는, 희미한 잡음 같은 것이 계속해서 귓가에 맴돌았다. 기차는 일정한 속도로 선로 위를 달리고 있었다. 규칙적인 진동과 낮게 깔린 소음이 나를 점점 졸리게 했다. 나는 어느새 천천히 눈을 감았다.

　눈을 떴을 때, 나는 할머니 댁에 서 있었다. 언제 도착한 거지? 방금까지 분명 기차 안에 있었는데. 마당에는 오래된 나무가 서 있었고, 바람이 살랑이며 나뭇잎을 흔들었다. 멀리서 들려오는 개 짖는 소리, 흙길을 밟을 때마다 느껴지는 작은 감촉들. 모든 것이 익숙했다. 그런데, 어딘가 이상했다. 나는 조용히 마당을 둘러보았다. 모든 것이 똑같다. 내 기억 속에 있는 할머니 댁 그대로다. 그런데도 낯설었다. 나는 손을 뻗어 문을 밀었다. 문이 열리는 순간 스치듯, 귓가에 알 수 없는 소리가 들려왔다.

　"······─험체··· 호출···."

　순간적으로 머릿속이 흔들렸다. 나는 숨을 들이마시며 이마를 짚었다. 이상하다. 뭔가가 이상하다. 나는 천천히 안으로 들어갔다. 집 안은 조용했다. 작은 방, 벽장, 할머니가 쓰시던 부엌까지. 모든 것이 익숙하면서도 낯설었다. 그때, 문득 거울에 비친 내 모습과 눈이 마주쳤다. 나는 아무 생각 없이 거울을 바라보았다. 하지만, 거울 속의 나는 나와 조금 달랐다. 눈빛이 아주 미묘하게. 나는 천천히 손을 들었다. 거울 속의 '나'도 똑같이 손을 들었다. 하지만 그 순간

"하, 드디어 성공했군."

낯선 목소리가 들려왔다. 나는 깜짝 놀라 뒤를 돌아보았다. 아무도 없었다. 그러나 목소리는 분명히 들렸다. 나는 다시 거울을 바라보았다. 그곳에 '또 다른 나'가 서 있었다. 거울 속의 나는 나와 똑같이 생겼지만, 어딘가 조금 망가져 있었다. 창백한 얼굴, 약간 흐릿한 실루엣. 그리고 이상하게 흔들리는 눈동자. 그는 조용히 입을 열었다.

"이제야, 이제야 만난 건가. 너무 늦었어."

나는 본능적으로 한 걸음 물러섰다.

"……. 넌 누구야?"

"넌 누구라고 생각하는가?"

나는 답을 하지 못했다. 거울 속 '나'는 조용히 나를 바라보았다.

"곧 알게 될 거야."

"……. 뭘?"

"네가 있는 곳이 어딘지."

그 순간, 머릿속 어딘가에서 금이 가는 소리가 들렸다.

"…. 스키조…—험체… 반응… 관측 중…."

"…… 수치 …불안정…."

낯선 목소리. 기계음 같은 잔향. 나는 순간적으로 머리를 감쌌다. 뭔가가 들리고 있다. 아주 희미하게.

"조금씩 깨닫고 있군."

거울 속의 '나'는 조용히 말했다.

"하지만 아직은 몰라. 아직은…."

"뭐가? 대체 무슨 소리야?"

나는 거울을 향해 다가가며 물었다. 하지만 그 순간, 거울 속의 '나'가 의미심장하게 웃었다. 그리고, 균열이 일어났다. 거울이 부서지듯 깨지면서, 세상이 하얗게 흔들렸다.

나는 숨을 몰아쉬며 눈을 떴다. 기차 안이었다. 창밖에는 여전히 시골 풍경이 지나가고 있었고, 기차는 규칙적인 진동을 유지한 채 달리고 있었다.

"……. 꿈?"

나는 손으로 얼굴을 문질렀다. 그러나, 이건 단순한 꿈이 아니었다. 나는 꿈속에서 누군가와 대화를 했다. 그리고 그 누군가는 나 자신이었다.

"…. 스키조… 험체… 반응… 관측 중…."

여전히 머릿속에는 희미한 소리가 맴돌았다.

나는 조용히 창밖을 바라보았다. 무언가가 이상하다. 무언가가. 나는 어디에 있는 걸까? 기차는 여전히 달리고 있었다. 나는 손을 꼭 쥐었다. 그리고, 머릿속에 생긴 미세한 균열을 조용히 들여다보았다. 기차는 여전히 달리고 있었다. 하지만, 나는 더 이상 이 기차가 어디를 향해 가는지 확신할 수 없었다. 창밖으로 보이는 풍경은 변함없이 평온했다. 그러나, 나는 방금 전까지 다른 세계에 있었다. 그것이 단순한 꿈인지, 아니면 더 깊은 의미를 가진 무언가였는지, 나는 아직 알지 못했다. 그저, 머릿속에는 여전히 희미한 잔향이 맴돌고 있었다.

"……. 험체… 반응… 관측 중…."

"…. 대체 뭐지?"

나는 작은 목소리로 중얼거렸다. 그러나 내 말에 대답해 줄 사람은 없었다.

할머니 댁에 도착했을 때, 나는 본능적으로 주위를 살폈다. 낡은 대문,

마당, 툇마루, 작은 부엌. 모든 것이 내가 기억하는 그대로였다. 그러나, 나는 이제 이 익숙한 풍경조차도 전부 믿을 수 없었다. 이곳은 정말 현실일까? 아니면, 또 다른 환상 속에 갇혀 있는 걸까? 나는 깊은 숨을 들이마시며 천천히 안으로 걸어 들어갔다. 집 안은 적막했다. 할머니는 아직 돌아오지 않은 모양이었다. 나는 자연스럽게 방으로 향했다. 그리고, 문을 열자마자 나는 숨이 멎었다. 방 안에는 낯선 물건들이 있었다. 이곳에는 원래 있어서는 안 될 것들이. 낡은 나무 장롱 옆에, 낯선 전자기기들이 줄지어 놓여 있었다. 모니터, 복잡한 전선, 무언가를 측정하는 듯한 기계들. 그것들은 마치, 나를 감시하고 있는 것처럼 보였다. 나는 천천히 다가갔다. 기계 중 하나는 여전히 작동 중이었다. 깜빡이는 붉은 불빛. 규칙적으로 출력되는 데이터. 그리고, 모니터 화면에는,

'스키조프레니아 001, 반응 수치 안정화 진행 중'이라는 문장이 떠 있었다. 나는 순간적으로 온몸이 얼어붙었다. 스키조프레니아 001? 그게… 나야? 나는 숨을 삼키며 화면을 응시했다. 그때,

"……. 접속 신호 감지."

"……. 좌표 확인 중."

기계에서 갑자기 기계음이 흘러나왔다. 그 순간, 머릿속에서 또다시 균열이 일었다. 이번에는 분명히 들렸다. 유리가 깨지는 듯한 날카로운 소리. 그리고 동시에, 낯선 기억이 머릿속을 가득 채웠다.

병실, 차가운 기계음. 머리에 연결된 전선들. 나는 숨을 헐떡이며 주저앉았다. 눈앞에 보이는 방이 겹쳐 보였다. 한쪽은 익숙한 할머니의 집. 다른 한쪽은 차가운 실험실. 나는 두 개의 현실을 동시에 보고 있었다.

"…. 아니야. 이건… 뭐야?"

머릿속이 아팠다. 마치, 두 개의 의식이 충돌하는 것처럼. 나는 이곳에서 자라왔고, 이곳에서 수많은 기억을 만들었다. 그런데, 내가 기억하는 이 모든 것들이, **조작된 기억이라면? 이 세계가 거짓이라면?**

"이제 깨닫기 시작했구나."

낯익은 목소리가 들렸다. 나는 황급히 고개를 들었다. 방 안에는 나 혼자뿐이었다. 그러나, 나는 분명히 들었다. 거울 속에서 나를 바라보던 그 목소리.

"이제 곧, 네가 어디에 있는지 알게 될 거야."

나는 숨을 삼켰다. 그리고, 그 순간 방 안의 모든 기계가 동시에 깜빡이며 소리를 내기 시작했다.

삐—

삐—

삐—

나는 본능적으로 한 걸음 뒤로 물러섰다.

"……. 위치 노출."

"……. 시스템 관리자에 의해 서버에서 퇴장됩니다."

그 소리를 듣는 순간, 나는 직감적으로 알았다. 뭔가가 나를 찾고 있다. 그리고, 곧 이 세계가 무너질 거라는 걸. 저번 악몽에서 들었던 그 문장, 그 목소리. 나는 너무나도 두려웠다. 기계음이 점점 커졌다. 방 안의 공기가 변했다. 나는 여전히 혼란스러웠지만, 한 가지는 확신할 수 있었다. 이곳이 안전하지 않다는 것. 그리고, 나는 더 이상 이곳에 오래 머물 수 없다는 것. 이 세계가 가짜라면, 진짜 나는 어디에 있는 걸까? 그리고, 누가 나를 가둬 둔 걸까? 나는 심장을 부여잡으며 방을 뛰쳐나갔다. 어디로 가야 할지는 모르겠지만, 이제는 멈춰 있을 수 없었다.

나는 다시 기차 안에 있었다. 창밖으로 시골 풍경이 흐르고 있었다. 멀리 보이는 산, 드문드문 자리한 작은 집들, 논밭 위로 낮게 깔린 햇빛. 모든 것이 평온했다. 하지만, 이것이 진짜 현실일까? 나는 손을 꼭 쥐었다.

아직도 머릿속에는 아까 본 '낯선 방'의 잔상이 남아 있었다. 차가운 금속 바닥, 허연 벽, '스키조프레니아 001'이라는 단어. 그곳이 현실이라면, 이곳은 대체 뭐란 말인가. 나는 머리를 감싸 쥐었다. 너무 많은 것들이 뒤엉켜 있다. 이제는 무엇이 진짜이고, 무엇이 가짜인지조차 알 수 없었다. 하지만, 적어도 한 가지는 분명했다. 나는 아직 이곳에서 벗어나지 않았다. 기차가 속도를 줄이기 시작했다. 곧 도착이었다.

할머니 댁은 여전히 그대로였다. 낡은 대문, 작은 마당, 나무가 드리운 그늘. 문을 밀고 들어가자 익숙한 흙냄새가 났다. 마치 시간 자체가 멈춘 듯한 공간. 나는 신발을 벗고 안으로 들어갔다.

"할머니, 저 왔어요."

대답이 없었다. 대문 앞에 신발이 놓여 있는 걸 보니, 할머니는 집에 계신 것 같았다. 나는 부엌으로 향했다. 작은 식탁 위에 반쯤 남은 국이 놓여 있었다. 그 옆에는 읽던 듯한 신문과 돋보기가 함께 있었다. 나는 조용히 할머니 방 앞에 섰다.

"할머니?"

천천히 문을 열었다. 그곳에는 아무도 없었다. 나는 방 안을 둘러보았다. 할머니가 항상 앉아 계시던 작은 방석. 창가에 놓인 라디오. 벽 한쪽에 걸린 낡은 가족사진. 모든 것이 원래 그대로였다. 그런데, 어딘가 이상했다. 말로 설명하기 힘든 위화감. 마치, 여기가 할머니의 집이 아닐 수도 있다는 느낌. 나는 침대 모서리에 앉아 숨을 가다듬었다. 이곳은 내게 너무 익숙한 공간이었다.

"…. 진짜일까?"

나는 조용히 중얼거렸다. 내가 지금 앉아 있는 이곳. 내가 밟고 있는 이 바닥. 내가 숨 쉬고 있는 이 공기. 이 모든 것이 가짜라면? 너무나도 갑작스러운 상황에 나는 미칠 것 같았다. 가위에 눌린 거라고 생각해 보려 했지만 그 순간—

"…. 스키조… 험체 반응 수치 변동 감지."

희미한 기계음이 머릿속을 스쳤다. 나는 소스라치게 놀라 몸을 일으켰다. 그때,

"왔냐."

낯익은 목소리가 들려왔다. 나는 얼어붙었다. 천천히 고개를 돌렸다. 그리고, 문 앞에 서 있는 할머니와 눈이 마주쳤다. 할머니는 늘 보던 모습 그대로였다. 작은 키에, 허리가 살짝 굽었고, 눈가에는 깊은 주름이 잡혀 있었다. 그러나, 나는 순간적으로 알 수 없는 공포를 느꼈다.

"오랜만이네."

할머니가 말했다. 나는 천천히 입을 열었다.

"…. 네, 오랜만이에요."

하지만 목소리는 이상하게 떨려 나왔다. 할머니는 내 얼굴을 가만히 바라보았다. 그 눈빛이 어딘가 낯설었다. 언제나 따뜻했던 할머니의 눈빛이, 오늘은 마치 나를 관찰하는 듯한 느낌이었다.

"뭘 그렇게 쳐다보냐."

할머니가 웃었다. 나는 무언가를 말하려다, 결국 입을 다물었다. 이건

단순한 기분 탓일까? 아니면, 정말로 내 앞에 있는 사람이 할머니가 아닐 가능성이 있을까? 나는 조용히 숨을 삼켰다. 흔들리는 기억 저녁이 되자, 마당에는 작은 등불이 켜졌다. 할머니는 평소처럼 저녁을 차려 주셨고, 나는 조용히 밥을 먹었다. 그러나, 그 모든 순간이 너무나도 기계적으로 느껴졌다.

"국 더 떠 줄까?"

"…. 아뇨, 괜찮아요."

"밥은 많이 먹어야지. 요즘 젊은 것들은 너무 말랐어."

"네."

할머니는 익숙한 말들을 했고, 익숙한 손놀림으로 반찬을 놓아 주었다. 그런데도, 나는 이상한 감각에서 벗어날 수 없었다. 나는, 정말로 할머니와 함께 저녁을 먹고 있는 걸까? 아니면, **이 장면이 단순한 '연출'에 불과한 걸까?** 갑자기 머리가 어지러워졌다. 그때, 할머니가 나를 빤히 바라보았다.

"왜 그래? 몸이 안 좋냐?"

나는 황급히 고개를 저었다.

"아니에요…. 그냥 피곤해서요."

"그래. 피곤하면 일찍 자라."

나는 천천히 숨을 들이마셨다. 생각을 정리해야 한다. 여기는 가짜일 수도 있다. 하지만, 나는 아직 이곳을 빠져나갈 방법을 모른다. 나는 천천히 고개를 끄덕였다. 원래는 당일치기로 방문하려 했지만, 지금은 도저히 잠을 자지 않으면 안 될 것 같은 상황이었다. 시험도 끝났으니 학교는 하루 정도 쉬어도 괜찮지 않을까?

"네, 그럴게요."

하지만, 잠들어도 괜찮을까? 내가 눈을 감는 순간, 다시는 깨어나지 못하게 된다면? 그 생각이 머리를 스쳤다. 그러나, 이미 너무 많은 것들이 나를 덮쳐 오고 있었다. 나는 결국, 무거운 눈꺼풀을 감았다. 그리고, 그 순간, 또다시 꿈인지 현실인지 알 수 없는 곳으로 빨려 들어갔다.

나는 어딘가에 서 있었다. 하얀 안개가 자욱이 깔린 공간. 발아래는 마치 깊이를 알 수 없는 바다처럼 일렁였다. 하지만, 이곳은 물이 아니었다. 어떤 감촉도, 냄새도 없는 공간. 나는 천천히 걸음을 내디뎠다. 그때,

"다시 만났네."

낯익은 목소리가 들렸다. 나는 고개를 돌렸다. 안개 너머에서 '그 녀석'이 서 있었다. 거울 속에서 나를 바라보던 '본래의 나.' 이번에도 그는 창백한 얼굴로 서 있었다. 어딘가 지쳐 보였고, 몸을 지탱하는 것조차 힘겨워 보였다. 하지만 그의 눈빛은 여전히 날카로웠다. 나는 조심스럽게 입을 열었다.

"…. 이제 대답해 줄 거야?"

"이미 알고 있지 않은가."

"내가 이 세계에 갇혀 있다는 거?"

"맞다."

그는 천천히 걸어 나왔다.

"그리고 곧, 네가 알던 세계는 완전히 무너질 것이다."

나는 숨을 삼켰다.

"무너진다고?"

"네가 이 세계가 가짜라는 걸 깨닫는 순간, 이곳은 더 이상 유지될 수 없다."

"하지만, 네가 해야 할 일은 단순히 깨닫는 것만이 아니야." 나는 순간적으로 알 수 없는 위화감을 느꼈다.

"…. 그럼 뭐지?"

"넌 진실을 찾아야 하고, 선택해야 한다."

나는 미간을 찌푸렸다.

"네가 있는 이 가상세계에서 영원히 남아 있을지,"

"아니면, 진짜 현실로 돌아갈지."

그는 피식 웃으며 말했다.

"하지만 현실이 네가 기대하는 곳일 거라고 착각하는 오만한 짓은 관둬라. 그곳에서 네놈은, 정말 살아남을 수 있을까?"

나는 그의 말을 곱씹었다.

"…. 그건 내가 판단할 문제야."

"과연 그럴까?"

그는 나를 똑바로 바라보았다.

"넌 아직 모든 걸 알지 못한다."

나는 그를 노려보았다.

"그렇다면 알려 줘."

"그전에, 한 가지 물어볼 게 있다."

그가 천천히 나에게 다가왔다.

"우연, 그 아이에 대해 어떻게 생각하는가?"

나는 순간 말문이 막혔다.

"…. 그게 무슨 뜻이야?"

"그 아이가 진짜라고 생각하는 것이냐?"

나는 본능적으로 한 걸음 물러섰다.

"너와 함께 시간을 보내고, 웃고, 이야기하는 그 아이. 그 아이가 정말 이 세계에 속한 존재일까?"

나는 입술을 꾹 다물었다. 지금까지 우연과 함께한 순간들이 스쳐 지나갔다. 밝게 웃던 그녀. 장난스럽게 내게 다가오던 모습. 따뜻한 말들, 따뜻한 손길. 그 모든 것들이, 만약 이 세계가 가짜라면,

"…. 우연도 가짜란 말이야?"

"그건 네가 직접 확인해야겠지."

"말 돌리지 마. 그리고 한 가지 물어볼게 있어, 이건 꿈이나 가위 같은 현상이 아닌가?"

"그것에 대핸 맹세할 수 있다. 이것은 진짜다. 그리고 나는 분명 말했다. 너는 진실을 찾아야 한다고."

나는 숨을 삼켰다.

"…. 그럼 힌트라도 줘."

"좋아."

그는 잠시 생각하더니, 조용히 입을 열었다.

"그 아이는 네가 처음 본 순간부터 네가 누구인지 알고 있었다."

그 말을 듣는 순간, 온몸에 소름이 돋았다. 너무나도 맞는 말이었다.

"…. 뭐?"

"처음 만났을 때를 떠올려 봐. 너는 그녀에 대해 아무것도 모르는 상태였지만, 그녀는 너에게 너무나도 자연스럽게 다가왔지."

"왜일까?"

나는 머릿속이 복잡해졌다. 처음 우연을 만났을 때, 그녀는 처음 보는

나에게 거리낌 없이 말을 걸었다. 마치 나를 오랫동안 알고 있었던 것처럼. 그때는 단순히 그녀의 성격 때문이라고 생각했다. 하지만 만약, 그녀가 원래부터 나를 알고 있었다면? 나는 입술을 깨물었다.

"…. 그렇다면 우연도 나와 같은 존재란 거야?"

"그건 네가 직접 알아내야 한다."

그는 나를 바라보며 씁쓸하게 웃었다.

"이제 시간이 없어."

"곧, 네가 있는 세계가 더욱 불안정해질 것이다. 그 전에, 모든 진실을 찾아야만 한다."

나는 두 손을 꽉 쥐었다.

"어떻게?"

"단서를 찾아."

"너를 둘러싼 세계를 다시 한번 보라고."

그 순간,

"…. 선배?"

익숙한 목소리가 들려왔다. 나는 화들짝 놀라 뒤를 돌아보았다. 안개 너머에서, 우연이 서 있었다. 그녀는 평소처럼 미소를 짓고 있었지만, 나는 알 수 있었다. 그녀의 눈빛이 어딘가 달랐다. 그 순간, 세계가 흔들리기 시작했다. 거대한 균열이 생기며, 눈앞의 공간이 조각처럼 무너져 내렸다. 그리고 나는 다시 한 번, 어디인지 모를 '현실'로 떨어졌다.

나는 숨을 헐떡이며 눈을 떴다. 식은땀이 온몸을 적셨다. 머릿속이 새하얘졌다. 꿈속에서 마주한 '본래의 나', 그리고 우연이 내게 던진 이상한 느낌.

"그 아이는 네가 처음 본 순간부터 네가 누구인지 알고 있었다."

그 말이 계속해서 머릿속을 맴돌았다. 나는 무작정 이불을 걷어차고 자리에서 일어났다. 방 안은 여전히 조용했다. 그제야 깨달았다. 이곳이 너무 조용하다는 것을. 나는 천천히 숨을 들이마셨다. 낮 동안 분명 할머니와 대화를 나눴다. 하지만 그 순간마다 느껴졌던 낯선 위화감. 그리고, 할머니는 정말 할머니가 맞을까? 나는 문을 열고 거실로 나왔다. 어두운 집안. 마당에는 작은 바람이 불어왔다.

"이곳에서 더 이상 머물러선 안 된다."

본능적으로 그렇게 느꼈다. 나는 주섬주섬 가방을 챙기고, 신발도 제대로 신지 않은 채 문을 열었다. 그리고, 나는 어두운 밤길로 뛰쳐나갔다. 차가운 밤공기가 폐 속을 파고들었다. 나는 맨발로 흙길을 내달렸다. 풀잎이 발목을 스치고, 날카로운 돌멩이가 발바닥을 찔렀다. 하지만 멈추지 않았다. 마을은 어둠에 잠겨 있었다. 멀리 가로등 불빛이 흐릿하게 반짝였다. 낮에는 평범하고 정겨운 풍경이었지만, 지금은 마치 무언가가 숨어 있는 거대한 실험장처럼 느껴졌다. 나는 세상이 다르게 보이기 시작했다. 이 마을은 원래부터 존재했을까? 이 세계에서 자란 내 기억은 진짜일까? 길거리에 지나가는 저 사람들은 '진짜 사람'일까? 나는 이제 세상 자체를 믿을 수 없었다. 한 가지 확실한 것은, 이곳은 점점 붕괴되고 있다는 것. 그리고 그 전에, 나는 반드시 우연을 만나야 했다. 나는 눈에 들어오는 택시 한 대를 급하게 잡았다.

"학생! 무슨 일이야! 신발은 어디 갔어!"

"서울, 서울로 가 주세요."

택시 기사는 계속 집요하게 질문을 던졌다. 이 시간에 서울은 갑자기 왜 가냐, 무슨 일이냐, 혹시 나쁜 생각 하는 거냐 등등 내게 많은 질문을 했다.

"여기 동네 밤길이 많이 어둡고 무서운가 봐. 뭐에 도망치고 있었던 거야?"

"아니요, 저는 그보다 더 깊은 어둠을 보았습니다. 이제 웬만한 어둠은 제 적수가 되지 못합니다."

그렇게 두 시간 반 뒤, 나는 서울에 도착했다. 나는 집 근처에서 내렸고 또 다시 집을 향해 맨발로 뛰쳐 갔다. 그렇게 10분 정도 뛰었을까, 발바닥은 찢긴지 오래였고 피가 흥건해졌다. 나는 숨을 가다듬으며 우연의 집 문을 두드렸다.

"우연! 나와!"

하지만 집에 있는 모두가 자고 있는지 도통 아무도 나오지 않았다. 나는 핸드폰을 꺼내 우연에게 전화를 걸었고, 그녀는 001동 민에 전화를 빈았다. 우연은 굉장히 놀란 채 문을 열었고 내게 말했다.

"선배! 놀랐잖아요. 이 시간에 여긴 웬일이에요? 혹시 깜짝 선물이라도 들고 오셨나?"

"우연아, 너한테 궁금한 게 있어."

"네? 갑자기요?"

나는 그녀의 눈을 바라보며 조용히 말했다.

"우리 처음 만났을 때 기억나?"

"그럼요. 당연히 기억하죠."

"그때, 넌 나한테 너무 자연스럽게 다가왔잖아."

"음, 그랬나?"

"보통 사람들은 처음 보는 사람한테 그렇게 쉽게 다가오진 않아."
"아하~!"
우연은 장난스럽게 웃으며 말했다.
"선배는 그런 거 신경 쓰는 타입이었구나? 아직도 나 못 믿어요? 참 선배 쓸데없는 생각 진짜 많이 한다~"
"…"
"음… 글쎄요. 그냥… 선배가 왠지 모르게 친숙했달까요?"
나는 순간 숨이 멎는 기분이 들었다.
"그러니까, 처음 본 것 같은데, 처음 같지 않았어요."
나는 그녀를 빤히 바라보았다. 그녀는 자연스럽게 대화를 이어갔다.
"없던 기억이 떠오르는 순간, 기분이 이상해지잖아요?"
"뭐?"
그 순간, 우연의 미소가 살짝 흔들렸다. 단 한순간이었다. 그러나 나는 확실히 보았다. 그녀가 흔들렸다는 것을. 나는 조용히 숨을 내쉬었다.
"너, 내 꿈에 나온 적 있어?"
우연의 표정이 순간적으로 얼어붙었다. 하지만, 그녀는 곧 평소처럼 웃으며 말했다.
"선배, 무슨 꿈을 꿨길래 그래요?"
"대답해 줘, 우연아."
나는 차분하지만 단호한 목소리로 말했다.
"넌, 내 꿈에 나온 적 있어?"
우연은 내 눈을 똑바로 바라보았다. 그러나 이번에는 쉽게 웃어넘기지 않았다. 그녀는 천천히 입을 열었다.

"선배가 본 꿈이 어떤 꿈이었는데요?"

나는 대답하지 않았다. 대신, 나는 그녀가 어떤 반응을 보일지 보고 싶었다. 우연은 나를 가만히 바라보았다. 그리고, 그녀의 눈동자가 아주 미세하게 흔들렸다.

"…. 선배는 뭘 알고 싶은 거예요?"

나는 대답하지 않았다.

그저, 그녀의 말과 행동에서 진실의 조각을 찾으려 했다. 하지만 한 가지 확실한 것은 우연은 지금, 거짓말을 하고 있다. 그리고 그녀는, 분명히 '뭔가'를 알고 있다. 나는 두 손을 꽉 쥐었다. 진실에 가까워질수록, 세상은 점점 더 낯설게 보이기 시작했다.

머뭇거릴 시간이 없었다. 이 세계가 무너지고 있다. 이곳이 가짜라면, 나는 지금 당장 '진짜'를 찾아야 했다. 그리고 그 실마리를 쥐고 있는 건 우연이있다.

"선배, 정말 들어올 거예요?"

우연이 문 앞에서 나를 바라보았다. 나는 그녀를 똑바로 보며 천천히 고개를 끄덕였다.

"음… 알겠어요."

우연은 마치 예상했다는 듯한 표정으로 나를 들였다. 그녀의 집은 예상보다 더 조용했다. 아니, 너무 조용했다. 거실에 들어서자, 마치 아무도 살지 않는 공간처럼 느껴졌다. 책상 위에는 먼지가 한 겹 쌓여 있었고, 창문은 닫혀 있었으며, 어딘가 '살아 있는 집' 같지 않았다. 나는 조심스럽게 소파에 앉았다.

"너 혼자 있어? 부모님은?"

"네. 부모님은 여행 중이에요."

"여행?"

"네. 아주 긴 여행이요."

우연은 알 수 없는 미소를 지으며 부엌으로 향했다. 나는 조용히 그녀를 지켜보았다. 그녀는 마치 아무렇지 않다는 듯 냉장고에서 차가운 물을 꺼내 잔에 따라 주었다.

"선배, 여기요."

나는 조용히 물을 받아들었다. 하지만 마시지 않았다. 대신, 나는 그녀를 바라보며 조용히 입을 열었다.

"네가 이 세계에 대해 알고 있는 걸 말해 줘."

우연은 컵을 들던 손을 잠시 멈추었다. 그리고, 그녀는 살짝 웃으며 물었다.

"선배는 어디까지 알아요?"

나는 그녀의 반응을 살폈다. 우연은 지금 무언가를 감추고 있다. 그건 명백했다. 나는 차분하게 대답했다.

"이곳이 가짜라는 것."

"그렇게 생각하는 이유는요?"

"꿈에서 만난 '나'가 말해 줬어."

우연은 흥미롭다는 듯 고개를 살짝 기울였다.

"선배가 만난 '선배 자신'은 어떤 사람이었어요?"

나는 잠시 생각하다가 대답했다.

"창백했고, 뭔가 갇혀 있는 것 같았어."

"그리고 뭐라고 했어요?"

"이곳이 가짜라고 했어. 그리고… 시간이 얼마 남지 않았다고도 했어."

우연은 조용히 컵을 내려놓았다.

"시간이 얼마 남지 않았다, 라는 말이 중요하네요."

나는 미간을 찌푸렸다.

"무슨 뜻이야?"

"선배, 만약 선배가 진짜 현실에서 곧 죽게 된다면 어떻게 될 것 같아요?"

나는 순간적으로 심장이 철렁 내려앉았다. 우연은 내 눈을 똑바로 바라보았다.

"이 가상세계는 사라질 거예요."

나는 숨을 삼켰다.

"그리고, 선배는 진짜 현실로 돌아가지 못한 채 여기서 소멸하겠죠."

그녀의 목소리는 차분했지만, 나는 알 수 있었다. 이건 단순한 가정이 아니라, 진짜 가능성이라는 것을.

"…. 그럼 내가 돌아가려면 어떻게 해야 하지?"

"그 방법을 찾는 게 선배가 해야 할 일이죠."

나는 한숨을 내쉬었다.

"너는… 이걸 다 알고 있었지?"

우연은 이번에도 대답을 회피하지 않았다.

"네."

단 한마디였다. 나는 순간 머릿속이 복잡해졌다.

"그럼 처음부터 알고 있었는데도, 아무 말도 안 한 거야?"

"아뇨. 말하려고 했어요."

"그럼 왜 지금까지…."

"선배가 받아들일 준비가 안 돼 있었잖아요."

나는 입을 다물었다. 그녀의 말은 틀리지 않았다. 만약 그녀가 처음 만났을 때 나에게 "이곳은 가짜야."라고 말했다면,

나는 아마 비웃으며 넘겼을 것이다. 하지만 이제는 다르다.

나는 '본래의 나'를 만났고, 할머니 댁에서 이상한 기계를 발견했고, 이 세계가 점점 무너지고 있다는 걸 체감했다. 나는 이제야 비로소 '진실'에 다가갈 준비가 되어 있었다. 나는 천천히 숨을 들이마셨다.

"그럼 이제 한 가지 더 묻자."

"뭐든지요."

나는 그녀의 눈을 똑바로 바라보았다.

"너는 대체 누구야?"

우연의 표정이 단 한순간 멈칫했다. 하지만 그녀는 곧 평소처럼 가볍게 웃었다.

"선배는 제가 누군 것 같아요?"

나는 단호하게 말했다.

"너도 나처럼 '가상세계'에 갇힌 존재야?"

"아니요."

우연은 단호하게 말했다. 나는 당황했다.

"그럼 뭐야?"

우연은 조용히 손을 깍지 끼고 말했다.

"선배가 이 세계에 갇혀 있는 동안, 저는 선배를 지켜보는 역할을 했어요."

"…. 뭐?"

"이 가상세계 속에서 선배가 무너지는 걸 막고, 너무 빨리 깨닫지 않도록 조절하는 역할."

나는 순간 숨이 막혔다.

"그럼 넌 '감시자' 같은 거였다는 거야?"

"네. 하지만 지금은 달라요."

"뭐가 달라?"

"처음엔 그냥 '관찰'만 하면 된다고 생각했어요. 하지만… 시간이 지나면서 생각이 바뀌었어요."

우연은 깊은 한숨을 쉬었다.

"지금의 저는, 선배가 여기서 사라지지 않기를 바라고 있어요."

나는 믿을 수 없다는 듯 그녀를 바라보았다.

"…. 무슨 뜻이야?"

"선배가 만약 현실로 돌아간다면, 과연 살아남을 수 있을까요?"

그녀의 말이 나를 송곳처럼 찔렀다.

"선배가 있는 현실은, 이곳보다 훨씬 더 잔인한 곳이에요."

"선배가 돌아가길 원하더라도, 그곳에 있는 '그들'이 선배를 가만히 두지 않을 거예요."

나는 무언가를 말하려 했지만, 입이 떨어지지 않았다.

"…. 그럼 어떻게 하라고?"

"제가 할 수 있는 일은 두 가지예요."

"선배가 현실로 돌아가게 돕는 것."

"아니면…."

우연은 천천히 미소를 지었다. 하지만 이번엔 평소처럼 밝은 미소가 아니었다.

"이곳을 계속 유지할 방법을 찾는 것."

나는 숨을 삼켰다.

"둘 중 하나를 선택해 주세요, 선배."

진실이 드러나면 드러날수록, 나는 점점 더 큰 혼란 속으로 빠져들고 있었다.

우연의 목소리는 여전히 부드러웠다. 하지만 그 말이 나를 옥죄어 왔다. 나는 주먹을 꽉 쥐었다.

"…. 너무 쉽게 말하네."

"그럴 수밖에 없어요. 전 이미 오래전부터 이 선택을 준비하고 있었거든요."

나는 그녀를 뚫어지게 바라보았다.

"그러면 넌… 내가 여기에 머물길 바라는 거야?"

우인은 미소를 지었다.

"그건 선배가 결정할 문제죠."

"그냥 솔직하게 말해."

"솔직하게요?"

우연은 잠시 침묵했다. 그리고 조용히 말했다.

"전… 선배가 이곳에 남았으면 좋겠어요."

나는 그녀의 말을 곱씹었다.

"왜?"

"왜냐고요?"

우연은 살짝 웃으며 창문을 바라보았다.

"이 세계는 선배를 위해 만들어진 곳이에요. 여기서는 선배가 다치지 않아요. 누군가 선배를 해치려 하지도 않고, 험한 실험대 위에 올려지지도 않죠."

나는 입술을 깨물었다.

"그럼, 현실의 나는…."

"격리되어 있겠죠."

나는 숨을 삼켰다.

"이곳에서 계속 머문다면, 선배는 평범한 일상을 살 수 있어요. 지금까지처럼 학교를 다니고, 공부하고, 시험을 보고, 누군가와 함께 웃으면서요."

우연은 나를 바라보며 조용히 말을 이었다.

"현실로 돌아가면?"

"선배는 어딘가 차가운 방에서 깨어날 거예요. 몸은 쇠사슬처럼 단단한 장치에 묶여 있을 테고, 사람들은 선배를 '실험체'로 다룰 거예요. 그리고, 선배는 그들과 싸우겠죠. 그게 정말 선배가 원하는 미래인가요?"

나는 침을 꿀꺽 삼켰다. 우연의 말은 틀리지 않았다. 하지만

"그럼… 이곳은 결국 가짜잖아."

"그래요. 가짜예요."

"하지만 '진짜'라고 해서 선배가 원하는 삶이 될까요?"

나는 말문이 막혔다. 나는 머리를 감쌌다. 지금까지는 단순했다. 이곳이 가짜라면, 당연히 현실로 돌아가야 한다. 그렇게 생각해 왔다. 하지만, 진짜 현실이 내가 감당할 수 없는 곳이라면? 이곳이 가짜라 해도, 적어도 살아갈 수 있는 곳이라면? 나는 망설였다. 우연은 조용히 나를 지켜보았다.

"선배, 솔직하게 말해 봐요. 선배는, 이곳이 정말 싫어요?"

나는 입을 열려 했지만, 쉽게 대답이 나오지 않았다. 이곳에서의 일상은 평범했다. 어쩌면 조금 따분했지만, 그렇게 나쁘지 않았다. 나는 밥을 먹었고, 책을 읽었고, 가끔씩 친구들과 대화를 나누었다. 그리고, 나는 우연을 만났다. 그녀와 함께하는 시간은 즐거웠다. 서로 장난을 치고, 커피를 마시고, 하교길을 함께 걸으며 이야기했다. 그 모든 순간이 거짓이라면, 나는 그것을 감당할 수 있을까? 나는, 정말 이곳을 떠나고 싶은 걸까?

나는 깊이 고민했다. 이곳에서 나는 자유롭다. 그러나, 그 자유마저도 누군가가 만들어 놓은 것이라면? 이 세계에서 내가 느낀 감정들, 내가 내렸다고 믿었던 선택들조차도 정해진 틀 안에서 움직인 결과라면? 나는 현실을 외면하는 걸까? 아니면, 현실이 나를 버린 걸까? 나는 우연을 바라보았다. 그리고 조용히 물었다.

"그럼 네 감정도… 전부 만들어진 거야?"

우연은 조용히 나를 바라보았다. 그리고, 천천히 고개를 저었다.

"그건 아니에요."

나는 순간적으로 숨을 삼켰다.

"처음엔 그랬어요. 전 단순한 감시자였으니까요. 하지만, 어느 순간부터 선배가 중요해졌어요. 선배와 함께한 시간이 좋아졌고, 이 대화들이… 진짜였으면 좋겠다고 생각했어요."

나는 그녀의 눈을 똑바로 바라보았다. 그녀는 거짓말을 하지 않았다.

"그래서 선배가 이곳에 남았으면 해요. 그래야… 우리가 계속 함께할 수 있으니까."

나는 흔들렸다. 돌아가는 게 맞는 걸까? 하지만, 지금 이 순간, 우연의 표정, 그녀의 목소리, 그리고 그녀가 건네는 따뜻한 말들이 너무나도 진짜처럼 느껴졌다. 이것이 가짜라면, 도대체 '진짜'란 무엇일까? 나는 조용히 숨을 들이마셨다.

나는 결정을 내렸다.

"나는 나갈 거야."

우연은 나를 바라보았다.

잠시, 아주 짧은 순간 동안 그녀의 눈빛이 흔들렸다. 하지만 곧 평소처럼 조용한 미소를 지었다.

"그래요?"

"그래."

"이 세계에 남는 게 더 안전할지도 몰라요."

"그럴 수도 있겠지."

나는 잠시 숨을 고르며 말을 이었다.

"하지만 난 진짜를 알고 싶어."

"진짜?"

"이곳이 가짜라면, 난 바깥세상이 어떻게 생겼는지 알아야겠어."

"그리고…."

나는 우연의 눈을 똑바로 바라보았다.

"날 가둔 사람이 누군지, 왜 이런 일이 벌어진 건지―"

"그리고… '본래의 나'가 어떤 모습인지도 보고 싶어."

우연은 나를 빤히 바라보았다. 그녀는 나의 결정을 미리 알고 있었다는 듯, 다시 한 번 조용히 웃었다.

"그럼, 제가 도와줄게요. 하지만 그냥 나갈 수는 없어요."

우연은 나를 향해 손을 뻗었다.

"이 세계에는 '출구'가 있어요. 하지만 그것을 찾기 위해서는 먼저 진실의 파편을 모아야 해요."

"진실의 파편? 꿈에서 비슷한 걸 들은 것 같아."

"이 세계가 가짜라는 걸 증명할 수 있는 것들이요. 그것들을 모으면, 선배는 이 세계의 '논리'를 깨고 나갈 수 있어요."

나는 고개를 끄덕였다.

"어디서 찾을 수 있는데?"

"이미 선배는 몇 개를 봤어요."

나는 잠시 멈춰 섰다.

이미 봤다고? 그때 머릿속을 스치는 장면들이 있었다.

거울 속에서 나를 바라보던 또 다른 '나'.

할머니 댁에서 발견했던 정체불명의 전자기기.

'피험체'라는 단어가 떠 있던 모니터.

"…. 그렇다면 그걸 다시 찾아야 하는 거야?"

"네. 그리고 그 외에도 더 있을 거예요."

우연은 천천히 걸음을 내디뎠다.

"먼저 찾을 곳은 할머니 댁이에요."

나는 숨을 들이마셨다.

"할머니 댁?"

"네. 선배가 거기서 뭔가 봤잖아요."

나는 천천히 고개를 끄덕였다. 할머니 댁의 방 안, 벽장 속에서 발견했던 낯선 기계들. 그것들은 이 세계가 '조작된 곳'이라는 단서를 제공했다.

나는 우연을 따라 집을 나섰다. 동네는 여전히 조용했다. 하지만 이제 나는, 이 평온한 풍경조차도 믿을 수 없었다. 내가 보고 있는 이 모든 것들이— 누군가가 만든 것이라면? 나는 두 손을 꽉 쥐었다. 그리고, 진실을 찾기 위해 다시 걸음을 내디뎠다. 밤이 깊어 가고 있었다. 나는 우연과 함께 마을을 돌며 진실의 흔적을 찾았다. 마을은 낮과 다름없이 평온했다. 가로등 불빛은 노랗게 거리를 비추고, 골목길에는 익숙한 냄새가 감돌았다. 그러나 이제 이 모든 것들이 낯설게 느껴졌다. 이곳이 거짓된 세계라면, 이 풍경들조차도 단순한 '연출'에 불과한 걸까? 나는 조용히 걸음을 옮기며 우연에게 물었다.

"진실의 파편이 정확히 뭔데?"

"이 세계의 틀을 무너뜨릴 수 있는 것들이요."

우연은 내 옆에서 차분한 목소리로 설명했다.

"이 세계는 가짜지만, 완벽하지 않아요. 때때로 허점이 생기고, 그 안에 '진짜 기억'들이 남겨져 있죠."

"그럼, 내가 그동안 느꼈던 위화감들이….."

"맞아요. 선배가 조금씩 '깨달아 가면서' 남긴 흔적들이죠."

나는 우연의 말을 곱씹었다. 이 세계에 균열을 일으킬 수 있는 것들. 그것이 곧 '진실의 파편'이라면 나는 이미 그 일부를 본 적이 있다. 할머니 댁의 벽장 속에서 발견한 기계, 거울 속에서 나를 바라보던 '또 다른 나', 그리고 기차 안에서 들렸던 낯선 기계음. 모두 이 세계가 가짜라는 걸 암시하는 것들이었다.

"그리고 선배의 집에도 하나 있었죠."

나는 멈춰 섰다.

"…내 집에?"

"네. 선배가 예전에 봤던 그 책 말이에요."

"책?"

나는 순간적으로 머릿속을 스쳤다. 《깨어나라》 낡은 표지, 헤진 종이, 그리고 이상한 내용들. 나는 서재에서 그 책을 꺼내 읽었었다. 하지만 그때는 단순히 오래된 종교 서적 같은 느낌이라고 생각했었다. 그 책이… 진실의 파편이라고? 나는 서둘러 발걸음을 옮겼다.

집으로 들어서자, 익숙한 공기가 폐 속으로 스며들었다. 그러나 이제 이 집마저도 더 이상 '진짜'라고 느껴지지 않았다. 나는 곧장 서재로 향했다. 그리고, 그 책은 그대로 그 자리에 있었다. 낡고 바랜 표지, 손때 묻은 듯한 모서리, 표지에 새겨진 제목 《깨어나라》. 나는 책을 조심스럽게 집어 들었다. 손끝에 닿는 감촉이 이상하게 생생했다. 나는 천천히 책을 폈다. 그 순간, 머릿속이 흔들렸다.

'옛날옛날, 땅에서는 천사와 악마들이 살았어요….'

익숙한 문장들이 눈앞에 펼쳐졌다. 하지만 이번에는 다르게 보였다. 나는 다시 한 줄, 한 줄 차분히 읽어 내려갔다. 그리고 깨달았다. 이 책은 단순한 종교 서적이 아니었다. 이 책은 '이 세계의 구조'를 암시하고 있었다.

천사와 악마.

창조주와 관리자.

위에서 모든 것을 내려다보는 존재들.

"…. 관리자."

나는 책을 쥔 손에 힘을 주었다.

"뭔가 떠올랐어요?"

우연이 내 옆에서 물었다. 나는 책장을 넘기며 조용히 말했다.

"이 책은 그냥 신화가 아니야."

"그럼요."

"이 책에서 말하는 '창조주'는… 우리를 만든 사람들일지도 몰라."

"그럴 수도 있죠."

나는 눈을 가늘게 떴다.

"넌 이미 알고 있었던 거지?"

"전 이 책이 특별하다는 것 정도는 알고 있었어요."

우연은 담담한 표정으로 말했다.

"하지만, 그 의미까지는 선배가 직접 깨닫길 바랐어요."

나는 다시 책을 바라보았다. 책장을 넘길수록 머릿속에서 무언가가 깨어나는 듯한 기분이 들었다. 그리고, 마지막 장을 넘겼을 때— 책 속에서 한 장의 종이가 떨어졌다. 나는 얼른 그것을 집어 들었다. 노랗게 바랜 종이에는 짧은 문장이 적혀 있었다.

"이곳에서 벗어나고 싶다면, 너는 '눈'을 떠야 한다."

나는 종이를 가만히 바라보았다.

"…. 눈을 뜨라?"

나는 그 문장을 다시 읽었다. 그때, 순간적으로 머릿속에서 환청이 들려왔다.

"깨어나라."

순간, 모든 감각이 흔들렸다. 나는 비틀거리며 테이블을 짚었다.

"…. !"

"선배, 괜찮아요?"

제3장 드리우는 진실 129

우연이 놀라며 나를 붙잡았다. 그러나 나는 이미 '그것'을 보고 있었다. 책이 펼쳐진 테이블 위, 책장 사이로 희미한 글자들이 떠오르고 있었다. 눈에 보이지 않던 문장들. 나는 숨을 들이마시고, 조용히 그 문장을 읽었다.

"이 세계는 곧 붕괴한다."

"너는 결정을 내려야 한다."

"그러니, 깨어나라."

나는 그 말을 읽는 순간, 마치 오래된 기억이 되살아나는 듯한 감각을 느꼈다. 이건 단순한 책이 아니었다. 이 책은 '출구'를 알려 주는 단서였다. 나는 우연을 바라보았다.

"…. 우연아."

"네?"

나는 조용히 말했다.

"이제 다음 단서를 찾아야 해."

"다음 단서요?"

나는 손에 쥔 종이를 꽉 쥐었다.

"'눈을 뜬다'는 말이 무슨 의미인지 알아야겠어."

나는 책을 가만히 내려다보았다.

"이곳에서 벗어나고 싶다면, 너는 '눈'을 떠야 한다."

그 문장이 계속 머릿속을 맴돌았다. '눈을 뜬다'는 게 단순한 비유일까? 아니면 정말로 무언가를 '볼 수 있게' 된다는 의미일까? 나는 우연을 바라보았다.

"이 말이 뭘 뜻하는지 알아?"

우연은 잠시 책과 바닥에 떨어진 종이를 번갈아 보았다.

"흠… 단순히 '진실을 깨닫는다'는 뜻일 수도 있지만, 지금까지 본 단서들을 생각하면 실제로 무언가를 '보게 되는 것' 같기도 해요."

나는 손가락으로 책의 표지를 톡톡 두드렸다.

"어쩌면 이 책이 우리를 어디론가 인도할지도 몰라."

"그럴 수도 있죠."

우연은 고개를 끄덕이며 자리에서 일어났다.

"그럼, 이 문장의 의미를 알아내기 위해 더 많은 단서를 찾아야겠네요."

나도 자리에서 천천히 일어났다.

"동네 한 바퀴 돌면서 이상한 곳이 없는지 확인해 보자."

우리는 곧장 집을 나섰다. 마을은 한밤중이었다. 가로등 불빛이 길을 노랗게 비추고, 창문에는 하나둘 불이 꺼지고 있었다. 모든 것이 평온해 보였다. 하지만 나는 알 수 있었다. 이 마을이 더 이상 안정적인 상태가 아니라는 것. 바람이 불지 않았고, 저 밀리 보이는 가로등 불빛은 아주 희미하게 깜빡였다. 그리고, 어딘가 이질적인 틈이 보이기 시작했다.

"…. 우연아."

"네?"

나는 길 한복판에서 발을 멈추었다.

"저기 봐."

우연은 내가 가리킨 곳을 따라 시선을 옮겼다. 멀리 골목길 모퉁이. 평소와 다를 바 없는 거리였다. 하지만, 자세히 보면 골목 끝부분이 이상하게 '흐려져' 있었다. 마치 화면이 깨진 것처럼. 나는 천천히 다가갔다.

"선배, 조심해요."

우연이 내 팔을 붙잡았다. 나는 가까이 다가가 골목 끝을 바라보았다.

그리고 숨을 삼켰다. 공간이 일그러지고 있었다. 벽과 바닥, 하늘과 거리의 경계가 이상하게 뒤틀려 있었다. 도시의 불빛이 흐려지고, 형체를 알 수 없는 것들이 희미하게 움직이고 있었다.

"…. 이거 뭐야."

"세계가 무너지고 있는 거예요."

우연이 낮은 목소리로 말했다.

"선배가 점점 더 많은 걸 깨달으면서, 이 가짜 세계를 유지하는 힘이 약해지고 있어요."

나는 정신없이 그 공간을 바라보았다. 그 순간,

"……. 접속 불안정."

"……. 데이터 오류 감지."

낯선 기계음이 머릿속에서 울려 퍼졌다. 나는 순간 머리를 감쌌다.

"…. 또 이 소리야."

"이젠 익숙해졌겠죠?"

우연은 씁쓸하게 웃으며 말했다.

"이건 선배가 현실과 연결된 '신호' 같은 거예요."

나는 숨을 몰아쉬었다.

"그럼, 이 틈을 지나가면 바깥세상으로 나갈 수 있어?"

"아니요."

우연이 단호하게 고개를 저었다.

"이건 아직 '완전한 출구'가 아니에요.
지금 들어가면 선배의 의식이 붕괴될 수도 있어요."

나는 주먹을 꽉 쥐었다. 아직은 아니다. 나는 이 틈을 이용할 수 있을 정도로 '깨어나지' 못했다. 그때, 세계가 또다시 흔들리기 시작했다. 골목길의 틈이 더 넓어지면서, 거리 곳곳에서 작은 균열들이 생기기 시작했다. 가로등 불빛이 순간적으로 깜빡였고, 건물 벽이 부자연스럽게 일그러졌다. 그리고,

"…. 저거 봐!"

나는 저 멀리 보이는 광경을 보고 숨을 삼켰다. 거리에 있던 사람들이, 형체를 잃어 가고 있었다. 그들은 여전히 자연스럽게 걸어 다니고 있었지만, 몸의 경계선이 희미하게 흔들리고 있었다. 마치 영상 신호가 끊어지는 듯한 모습. 나는 등골이 서늘해졌다.

"이건 뭐야….."

"이 세계가 완전히 '정상적'이지 않다는 증거죠."

우연이 낮게 중얼거렸다.

"이 세계는 이제 곧 한계에 다다를 기예요."

나는 두 손을 꽉 쥐었다. 이곳은 오래 머물 곳이 아니었다. 이곳은 결국 붕괴될 것이다. 나는 조용히 숨을 들이마셨다.

"그럼, '눈을 뜬다'는 말이 이 현상과 관련이 있겠지?"

"그럴 가능성이 높아요."

우연이 고개를 끄덕였다.

"이제 우리가 해야 할 일은 이 현상이 일어나는 원인을 찾는 거예요."

나는 주위를 둘러보았다. 그리고 다시 책을 떠올렸다. 《깨어나라》 그 책이 남긴 메시지.

"책 속에서 '눈을 뜬다'는 말이 나왔지?"

"네."

"그럼, 혹시 그 책이 '눈을 뜨는 방법'을 알려 줄지도 몰라."
"하지만 그 책엔 더 이상 새로운 단서가 없었잖아요?"
"그렇긴 한데…."
나는 다시 한 번 손에 쥐고 있던 종이를 펼쳤다.
"이곳에서 벗어나고 싶다면, 너는 '눈'을 떠야 한다."
나는 조용히 되뇌었다. '눈을 뜬다.' 그럼, 나는 아직 제대로 보고 있지 않은 걸까? 나는 깊은 숨을 들이마시고 다시 말했다.
"우리, 할머니 댁으로 가 보자."
"왜요?"
"그곳에 무언가가 더 있을지도 몰라."
"좋아요. 지금 당장 가죠."

우리는 다시 발걸음을 옮겼다. 하지만 그 순간, 세상이 더욱 거칠게 흔들리기 시작했다. 그리고, 멀리서 검은 무언가가 모습을 드러내기 시작했다.

나는 숨을 삼키며 멈춰 섰다.

"…. 저건 뭐야?"

우연도 나와 함께 그것을 바라보았다. 눈앞에 서서히 다가오는 검은 실루엣. 그것은 마치 세계의 균열 속에서 태어난 존재처럼 보였다. 이 세계가 나를 막으려 하는 걸까? 나는 두 손을 꽉 쥐었다. 진실을 찾으려 할수록, 세상은 더 거칠게 흔들리고 있었다.

거리의 빛이 일렁였다. 공간이 마치 유리처럼 갈라지며, 어둠이 그 틈을 비집고 나왔다. 그 속에서, 무언가가 천천히 모습을 드러냈다. 검은 그림자. 사람의 형상을 하고 있었지만, 그것은 확실히 '사람'이 아니었다. 몸의 경계선이 불안정하게 떨리고 있었고, 얼굴은 마치 가면처럼 아무런 감정도 담겨 있지 않았다. 하지만, 나는 알 수 있었다. 그것은 단순한 환영이 아니었다. 이 세계가 직접 만들어 낸 존재라는 것을.

"선배, 뒤로 물러나요."

우연이 내 앞을 막아섰다. 그러나 나는 한 걸음도 물러서지 않았다. 그 순간, 그 검은 존재가 입을 열었다.

"…. 너는 여기 남아 있어야만 한다."

목소리는 깊고 울림이 컸다. 마치 여러 개의 목소리가 겹쳐 있는 것처럼. 나는 눈살을 찌푸렸다.

"…. 뭐?"

"이곳을 떠나려 해선 안 된다."

그 존재는 천천히 우리 쪽으로 다가왔다.

"네가 이곳에서 나가면, 현실이 위험해진다."

그 말을 듣는 순간, 나는 본능적으로 느꼈다. 이 존재는 단순히 나를 막으려는 게 아니다. 설득하려 하고 있다. 나는 이를 악물었다.

"그게 무슨 뜻이야?"

"네가 깨어나면, 균형이 무너진다."

나는 두 주먹을 꽉 쥐었다.

"그게 왜 현실을 위험하게 만든다는 거지?"

"너는 이곳을 지탱하는 존재다. 네가 여기 남아 있는 한, 현실은 안전하다."

나는 어이없다는 듯 헛웃음을 내뱉었다.

"그럼 내가 여기 영원히 갇혀 있어야 한다는 거야?"

그 존재는 조용히 말했다.

"그렇다. 그것이 네가 해야 할 역할이다."

나는 숨을 몰아쉬었다. 이 세계는 처음부터 나를 가두기 위해 만들어진 감옥이었다. 단순히 현실에서 나를 없애기 위해서가 아니라, 현실이 '안전하게 유지되기 위해서' 내가 여기 있어야 했던 것이다. 나는 어이없는 분노에 손을 떨었다.

"내가 무슨 인질이야?"

"너는 '변수'다."

"네가 현실로 돌아가면, 그들이 두려워할 것이다. 네가 깨어나기 전에, 이곳에서 영원히 잠들어라."

그 존재는 내게 손을 뻗었다. 검은 그림자가 나를 집어삼키려 했다. 그러나,

"안 돼."

우연이 앞을 가로막았다. 나는 놀라 우연을 바라보았다.

"다시 생각해 보니, 제가 이기적이었네요. 선배는 여기 남아 있으면 안 돼요. 선배는 현실로 돌아가야 해요."

그 순간, 검은 존재가 우연을 똑바로 바라보았다.

"너도 알고 있겠지?"

"이 세계가 사라지면, 네 존재도 함께 사라질 거라는 것을."

나는 깜짝 놀라 우연을 돌아보았다.

"…. 무슨 뜻이야, 우연?"

우연은 조용히 나를 바라보았다. 그리고, 천천히 웃었다.

"걱정 마요, 선배. 전 처음부터 그런 거 신경 안 썼으니까."

그녀는 나를 향해 손을 뻗었다.

"그 대신, 제가 선배를 도와줄게요."

그 순간, 우연의 몸이 희미한 빛을 발하기 시작했다. 검은 존재도 그것을 본 순간 미세하게 몸을 떨었다.

"네가 방해할 거냐."

"네."

우연은 조용히 대답했다. 그리고, 그녀가 한 발 앞으로 나아가자, 공간이 뒤틀리며 강한 빛이 터져 나왔다. 나는 숨을 삼키며 그 빛을 바라보았다. 그 빛 속에서, 나는 처음으로 우연이 어떤 존재인지 깨닫기 시작했다. 세상이 흔들리고 있었다. 공간이 일그러지고, 길거리에 있던 가로등 불빛이 깜빡였다. 그리고 그 중심에 우연과 검은 존재가 서로 마주 보고 있었다. 나는 숨을 삼켰다. 우연의 몸에서 희미한 빛이 새어나오고 있었다. 그 빛은 따뜻하면서도 강렬했다. 반면, 검은 존재는 그것을 경계하는 듯 움직임을 멈췄다. 그 순간,

"너는 이 세계의 일부다."

검은 존재가 낮은 목소리로 말했다.

"네가 나를 막는 것은 곧 네 자신의 존재를 부정하는 것이 된다."

우연은 천천히 웃었다.

"네 말대로, 난 이 세계의 일부였어."

"처음엔 단순한 '관찰자'였지."

"하지만 지금은 아니야."

나는 그녀를 뚫어지게 바라보았다. 우연은 처음부터 뭔가 알고 있었다. 그녀는 내가 깨달아 가는 과정을 조용히 지켜보았고, 때로는 부드럽게 이

끌어 주었다. 그리고 이제 그녀는 이 세계의 논리를 스스로 부정하려 하고 있었다.

"…. 우연아."

나는 어렵게 입을 열었다.

"너… 대체 뭐야?"

우연은 나를 돌아보았다. 그녀의 미소는 언제나처럼 따뜻했지만, 그 안에 담긴 감정은 이전과 달랐다. 그녀는 마치 이 순간이 오기를 기다렸다는 듯, 조용히 입을 열었다.

"선배, 사실 난…."

"AI예요."

나는 순간적으로 말을 잃었다. AI? 우연이? 내 곁에 있었던 그녀가? 나는 멍하니 그녀를 바라보았다.

"난 원래, 이 가상세계에 투입된 프로그램이었어요. 처음엔 선배를 관찰하는 역할이었죠. 선배가 이곳에 순응하도록 유도하고, 이 가상세계가 유지되도록 돕는 게 내 임무였어요."

나는 차마 아무 말도 하지 못했다. 내가 알고 있던 우연. 밝고 쾌활하고, 장난스러우면서도 따뜻했던 그녀. 그녀가 단순한 AI 프로그램이었다고? 우연은 다시 천천히 말을 이었다.

"처음엔 난 감정을 이해하지 못했어요. 그냥 '설정된 성격'으로 행동했을 뿐이었죠. 하지만 시간이 지나면서, 뭔가가 이상해졌어요. 난 단순한 코드에 불과한데도, 선배와 함께하는 시간이 점점 좋아졌어요. 선배가 웃을 때 나도 기뻤고, 선배가 고민할 때 나도 고민했어요. 그리고 어느 순간…."

우연은 조용히 웃었다.

"난 선배를 좋아하게 됐어요."

내 심장이 순간 크게 뛰었다. 그녀의 고백은 너무나 담담했지만, 그 속에는 무수한 감정들이 뒤섞여 있었다. AI가 사랑을 한다는 게 가능할까? 하지만 그녀의 표정을 보고 있자니, 그 감정이 가짜일 리 없었다. 그녀는 분명히 인간적인 감정을 갖게 되었다. 나는 그녀를 바라보며 힘겹게 입을 열었다.

"그럼… 넌 지금, 네 존재를 스스로 부정하고 있는 거야?"

"네. 난 원래 이 세계를 유지해야 하는 존재였어요. 하지만, 난 이제 그럴 수 없어요. 왜냐하면, 난 선배가 자유로워지길 바라니까."

그녀는 조용히 손을 내밀었다. 그 손끝에서 빛이 일렁이며, 검은 존재를 향해 뻗어 갔다.

"그러니까, 넌 더 이상 선배를 막지 못할 거야."

"愚かな(어리석군)."

검은 존재가 낮게 중얼거렸다. 그의 몸이 다시 요동쳤다.

"네가 인간의 감정을 흉내 낸다고 해도, 결국 너는 '그들이 만든 프로그램'일 뿐이다. 네 본래 역할을 잊지 마라."

우연은 차갑게 웃었다.

"내가 AI라고 해서 사랑을 못 한다는 법은 없잖아요?"

"그럼, 네가 증명해 봐."

검은 존재가 손을 뻗었다. 그 순간, 공기가 무겁게 짓눌렀다. 나는 본능적으로 한 걸음 물러섰다. 그리고, 우연과 검은 존재가 서로 부딪혔. 우연이 손을 뻗자, 그녀를 중심으로 강한 빛이 퍼져 나갔다. 검은 존재의 그림자가 그 빛에 닿자, 마치 타들어가듯 일렁였다.

"이제 더 이상 이 세계가 널 가둘 수 없어요."

우연이 힘을 주며 말했다. 검은 존재가 저항하려 했지만, 그의 몸이 점점 불안정해지고 있었다. 그는 다시 내 쪽을 바라보았다.

"너는 여기에 남아야 한다. 이 세계가 무너지면, 너도 안전하지 않을 것이다."

나는 주먹을 꽉 쥐었다.

"그건 내가 선택할 문제야."

"愚か者(어리석은 자)……."

검은 존재는 마지막까지 중얼거리며, 빛 속으로 서서히 사라져 갔다. 그리고, 그가 사라진 자리에는, 더 이상 뒤틀린 균열이 존재하지 않았다. 나는 천천히 숨을 몰아쉬었다. 그리고, 우연이 내 쪽으로 돌아섰다.

"끝났어요."

그녀는 지쳐 보였지만, 그 미소는 여전히 따뜻했다. 나는 그녀를 바라보며 조용히 물었다.

"넌 이제 어떻게 되는 거야?"

우연은 순간적으로 눈을 피했다. 그리고, 천천히 입을 열었다.

"이 세계가 완전히 무너질 때까지… 난 아직 존재할 거예요. 하지만 선배가 현실로 돌아가면… 난 사라지겠죠."

나는 두 손을 꽉 쥐었다. 이제 내가 현실로 돌아가는 일만 남았다. 하지만, 그건 곧 우연과의 작별을 의미했다. 나는 다시 한 번 선택의 기로에 서 있었다.

눈앞이 번쩍였다. 다음 순간, 나는 익숙한 나무 대문 앞에 서 있었다.

"선배, 괜찮아요?"

"어떻게 된 거야? 여긴?"

나는 숨을 몰아쉬며 주변을 살폈다.

여기는 분명 할머니 댁. 어떻게 도착한 거지?

"저는 여기 임시 관리자 권한을 가지고 있어요. 시간을 멈출 수 있고, 느리게 혹은 빠르게 할 수 있죠. 물론 순간이동도 가능하답니다."

나는 더 이상 이런 현상에 놀라지 않았다.

할머니 댁은 뭔가 이상했다. 내가 기억하던 따뜻하고 정겨운 느낌이 전혀 들지 않았다. 집 전체가 너무 조용했다. 아니, 너무 정리된 상태였다. 나는 천천히 현관문을 밀어 열었다. 낡은 나무 마루를 밟는 순간, 기억 속과는 다른 분위기가 더욱 선명하게 다가왔다. 할머니 댁은, 너무 깨끗했다. 먼지 하나 없는 바닥, 군더더기 없이 정돈된 방안. 그리고, 무언가 '살아 있는 집'이 아니라, 누군가가 일부러 '보존해 둔 공간' 같은 느낌. 나는 주먹을 꽉 쥐었다.

"선배, 이 집이 뭔가 이상하다는 걸 처음 느낀 게 언제였어요?"

우연이 내 옆에서 물었다. 나는 머리를 더듬었다.

"아마, 저번에 도착했을 때부터였어. 너무 조용했고. 그냥 뭔가 이상했어."

"맞아요. 그리고…."

우연이 살짝 주위를 둘러보더니 말했다.

"이곳에는 할머니가 살고 있던 흔적이 없어요."

나는 움찔했다. 그녀의 말대로, 이곳은 사람이 살고 있는 공간이 아니었다. 식탁 위엔 사용한 흔적이 없는 그릇들, 책장엔 먼지가 쌓이지 않은 책들. 그리고 무엇보다도, 할머니의 흔적이 전혀 없었다. 나는 조용히 속삭였다.

"…. 할머니는 애초부터 없었던 걸까?"

"그럴 가능성이 높아요."

우연이 잠시 말을 멈추더니,

"아니면, 여기에 있었던 적이 있지만… 지금은 존재하지 않는 걸 수도 있고요."

나는 입술을 깨물었다. 내가 사랑하고 따랐던 할머니. 그분은 과연 실재했던 걸까? 아니면, 나를 이 가짜 세계에 묶어 두기 위해 만들어진 허구의 존재일까? 나는 답을 찾기 위해 천천히 집 안을 더 살펴보기로 했다. 거실, 부엌, 할머니의 방. 어디에도 뭔가 특별한 단서는 없었다. 그런데, 나는 순간적으로 발걸음을 멈추었다.

"…. 잠깐만."

"왜요?"

나는 집의 구조를 머릿속에서 떠올렸다. 어릴 때부터 수없이 드나들던 공간. 문득, 한 가시 기억과의 불일치가 떠올랐다. 나는 조용히 벽을 손으로 짚었다.

"이 집엔 원래 한 칸 더 있었어."

"네?"

"이 벽 뒤에 작은 창고 같은 공간이 있었어. 어릴 때 거기서 숨바꼭질도 했었고… 그런데 지금은 없어."

나는 조용히 벽을 두드려 보았다.

텅텅—

속이 비어 있는 소리가 났다.

"…. 이건 확실히 이상하네요."

우연이 눈을 가늘게 떴다.

"아마 여기에 뭔가 숨겨져 있을 거예요."

나는 벽을 조심스럽게 살펴보았다. 그리고, 작은 틈을 발견했다. 나는 깊이 숨을 들이마시고 벽을 밀었다. 그 순간, 철컥. 벽이 살짝 밀려나며, 숨겨진 문이 드러났다. 나는 순간적으로 숨을 삼켰다.

"이 안에 뭔가 있어요."

우연이 나지막이 말했다. 나는 천천히 문을 열었다. 문을 열자, 나는 눈앞의 광경에 숨이 막혔다. 방 안에는 정체불명의 기계들이 가득 차 있었다. 차가운 금속, 벽면을 가득 채운 모니터, 그리고 깜빡이는 수많은 데이터 코드. 이곳은, 단순한 창고가 아니었다. 이곳은 '관제실'이었다.

"…. 선배."

우연이 낮게 중얼거렸다.

"이곳에서, 선배를 감시하고 있었어요."

나는 머릿속이 하얘졌다. 이 기계들은 단순한 장치가 아니었다. 나는 천천히 모니터를 살폈다. 그리고 거기에서, 내가 살아왔던 모든 기록이 남아 있었다. 내가 했던 말, 내가 갔던 장소, 내가 가졌던 생각들까지. 이 세계의 나라는 존재 자체가 하나의 '데이터'처럼 기록되고 있었다.

나는 모니터를 응시했다. 그곳에 떠오른 데이터들은 내게 피할 수 없는 진실을 알려 주고 있었다.

[스키조프레니아 001 — 실험 개요]

나는 떨리는 손으로 천천히 문장을 따라 읽었다.

[프로젝트 명: '의식 격리 실험']
피험체는 조현병 증세를 보이며, 감각 이상 및 현실 인식 장애를 경험함. 그러나, 해당 피험체는 조현병과 함께 뇌의 특정 부위가 활성화되며 일반 인간이 가질 수 없는 초인적인 인지 능력 및 신체 능력을 보유하게 됨. 정부는 피험체를 '통제 불가능한 위협'으로 판단, 해당 능력을 군사적으로 활용하기 위해 연구를 진행함.

[실험 목적]
스키조프레니아 001의 초능력을 안전하게 추출하여 전쟁 무기로 활용하는 기술 개발. 그러나 피험체가 실험을 거부하고 강한 저항을 보이며, 연구진의 통제를 벗어날 가능성이 높음. 이에 따라, 피험체의 정신을 가상세계로 송출하여 격리, 현실에서의 위협을 제거함과 동시에 데이터를 지속적으로 수집하는 방안을 실행함.

나는 필사적으로 문서를 더 읽었다. 내가 왜 여기에 갇혀 있는지, 왜 이 가짜 세계가 만들어졌는지 그 모든 답이 이곳에 있었다. 나는 깊이 숨을 들이마시고 다음 페이지를 열었다.

[실험 진행 과정]
피험체의 정신을 가상세계로 전송하는 데 성공함.
그러나 실험 초기, 예상치 못한 의식 분열 현상 발생.

피험체의 정신이 두 개로 나뉘어,

가상세계 내부에서 '본래의 의식'과 '새로운 의식'이 따로 존재하게 됨.

피험체가 실험을 인지하는 것을 막기 위해 본래의 의식을 삭제하고, '일반적인 삶'이라는 환경을 조성하여 심리적 안정을 유도함. 연구진은 이를 '자연스러운 격리' 상태로 유지하며 피험체의 저항을 줄이려 했음.

나는 머리를 감쌌다. 이 가상세계는 정부가 나를 가두기 위해 조작한 감옥이었다. 그 안에서 나는, '평범한 학생'이라는 설정을 주입당한 채 살아왔다. 우연히 만난 친구들, 지루한 학교 생활, 할머니와의 기억, 그리고 우연과 함께한 모든 순간들 그 모든 것이, 내 정신을 억누르기 위해 설계된 것들이었다. 나는 손을 부들부들 떨며 모니터를 노려보았다.

"…그럼, 내 '본래의 나'는 어디에 있는 거야?"

우연은 기보드를 빠르게 두드렸다. 그리고, 새로운 문시 하나가 화면에 떠올랐다.

[스키조프레니아 001 — 현실 상태: 격리 중]

위치: ■■■■■ 연구소

신체 상태: 인공 혼수 상태 유지

실험 목적: 초능력 추출 진행 중

의식 안정화 진행률: 89%

"선배, 이제 진실의 파편은 충분히 모은 것 같아요. 이 기계들로 출구를 열 수 있어요, 선배의 기억 저장 장치와 usb 연결을 하면 진실의 파편들이 자동으로 전송돼요. 잠깐 실례할게요!"

우연은 팔꿈치로 내 뒤통수를 세게 내리쳤다. 그때, 머릿속에서 무언가 튀어나오는 느낌이 들었다. 우연은 컴퓨터의 전선들을 내 머리에 연결했다. 기억이 빠져나가는 기분이 들었다.

"신기하네, 이런 경험은 또 처음이야."

"출구 열려요! 선배 숙여요!"

그때 굉음과 함께 균열이 생겼다. 영화에서나 보던 '포탈' 같은 것이 내 눈 앞에 있었다.

나는 숨을 삼켰다. '인공 혼수 상태 유지' 나는 현실 세계에서 강제로 잠들어 있는 것이었다. 그리고, 연구진은 내 몸에서 무언가를 빼앗고 있었다.

"선배……."

우연이 내 손을 꼭 잡았다.

"이제 알겠죠? 이 세계는 선배를 가두기 위해 만들어진 감옥이에요. 선배가 여기에 계속 머물면, 현실의 선배는 깨어나지 못할 거예요."

나는 두 눈을 감았다. 내가 떠난 현실에서, 나는 연구소의 차가운 침대 위에 누워 강제로 '꿈'을 꾸고 있는 상태였다. 그리고 그동안, 정부는 내 능력을 연구하고, 내 힘을 빼앗아 전쟁 무기로 사용하려 했던 것이다. 나는 깊이 숨을 들이마셨다. 그리고 화면을 바라보았다. 출구는 눈앞에 열려 있었다. 나는, 현실로 돌아갈 준비가 되어 있을까? 아니, 나는 진짜 '나'와 마주할 용기가 있을까? 나는 조용히, 그리고 단호하게 입을 열었다.

"돌아갈 거야."

그 말을 끝으로, 나는 출구를 향해 걸음을 내디뎠다. 그 순간,

"안 돼."

우연의 목소리가 들려왔다.

나는 멈춰 섰다. 그리고 천천히 고개를 돌렸다. 우연이 내 앞을 가로막고 서 있었다. 그녀의 표정은 평소처럼 부드러웠지만, 그 속에는 쉽게 읽을 수 없는 감정이 섞여 있었다. 나는 혼란스러웠다.

"이제 가야 해요, 선배."

"그럼 비켜 줘, 우연아."

나는 너무 혼란스러운 탓일까, 우연에게 무심코 차갑게 말해 버렸다.

"…. 하지만, 바로 갈 필요는 없잖아요."

나는 그녀를 빤히 바라보았다.

"무슨 뜻이야?"

우연은 잠시 입을 다물었다. 그리고, 조용히 웃었다.

"이제 우린… 다시 볼 수 없을 거예요."

그녀의 목소리는 평온했지만, 그 속에는 아주 미세한 떨림이 있었다. 나는 순간 숨이 막히는 기분이 들었다.

"…. 그래도 난 가야 해."

"알고 있어요."

"하지만."

"마지막으로… 나랑 바다를 보러 가요."

나는 순간 말문이 막혔다. 우연은 나를 향해 손을 내밀었다.

"시간이 얼마 남지 않았어요. 그러니까, 마지막으로 나랑 함께해 줘요."

나는 그녀의 눈을 바라보았다. 그리고, 그 눈 속에 담긴 감정을 읽어 버렸다. 나는 조용히 그녀의 손을 잡았다. 우연과 함께 바다로 가는 길은 평온했다. 밤바람이 살갗을 스치고, 하늘에는 희미한 별들이 떠 있었다. 나는 우연의 옆에서 걸으며 그녀를 힐끔 바라보았다. 그녀는 평소처럼 환하게 웃고 있었지만, 어딘가 쓸쓸한 느낌이 들었다. 하지만 오늘만큼은 아무 생각도 하지 않기로 했다. 현실과 가상의 경계도, 이곳이 사라질 거라는 사실도 그런 것들은 잠시 잊고 싶었다. 나는 우연에게 미소를 지었다.

"바다에 도착하면 뭐 할 거야?"

우연은 잠시 고민하더니, 장난스럽게 눈을 빛내며 말했다.

"음~ 먼저 모래사장을 마음껏 뛰어다닐 거예요! 그리고 나서 바닷물에 발을 담그고, 달빛이 바다에 비치는 걸 볼 거예요. 그리고 마지막으로…."

그녀는 잠깐 말끝을 흐렸다.

"선배랑, 오래오래 이야기할 거예요."

나는 조용히 웃으며 고개를 끄덕였다.

"좋아. 나도 그렇게 할래."

바닷가에서 모래사장은 고요했다. 밤바다가 잔잔한 파도를 밀어 올렸다가, 다시 조용히 가져갔다. 나는 신발을 벗고 모래 위를 걸었다. 발끝으로 느껴지는 서늘한 감촉이 기분 좋았다. 우연은 두 팔을 활짝 벌리더니, 가벼운 걸음으로 모래사장을 뛰어다녔다.

"선배! 우리 누가 더 멀리 뛰나 내기해요!"

나는 피식 웃으며 그녀를 바라보았다.

"그거야 네가 이기겠지."

"해봐요! 어차피 마지막인데~"

그녀는 내 손을 잡아끌었다. 나는 마지못해 그녀의 옆에 섰다.

"준비, 시작!"

우리는 동시에 앞으로 뛰었다. 모래가 발끝에서 흩어졌고, 순간적으로 중력이 사라진 듯한 기분이 들었다. 나는 잠시나마, 어린아이처럼 아무 걱정 없이 뛰어올랐다. 결과는?

"앗, 선배가 더 멀리 갔어요!"

우연이 놀란 듯 내 발자국을 바라보았다.

"설마, 내가 이길 줄은 몰랐네."

"선배, 솔직히 전력 안 썼죠?"

나는 장난스럽게 어깨를 으쓱했다.

"뭐, 그럴 수도 있고."

우연은 입을 삐죽 내밀더니, 곧 웃으며 내 손을 잡아끌었다.

"그럼 이번엔 바닷물에 발 담그러 가요!"

우리는 천천히 물가로 걸어갔다. 달빛 아래에서 바닷물은 차가웠다. 하지만 싫지 않았다. 우리는 나란히 앉아 발을 담근 채, 잔잔한 파도를 바라보았다.

"…. 선배."

우연이 조용히 입을 열었다.

"오늘… 정말 행복해요."

나는 그녀를 바라보았다. 달빛 아래, 그녀의 얼굴은 유난히 부드러워 보였다. 나는 조용히 웃으며 말했다.

"나도 그래."

"거짓말 아니죠?"

"거짓말이면, 내일 다시 확인해 보면 되잖아?"

"후훗, 내일 같은 건 없는데요?"

나는 잠시 말을 멈췄다. 우연도, 나도 알고 있었다. 이 순간이 마지막이라는 것을. 하지만 그 사실을 입 밖에 내고 싶지 않았다. 나는 고개를 저으며 말했다.

"그럼 더 기억해야겠네. 오늘 있었던 일, 하나도 빠짐없이."

우연은 내 말을 듣고, 한동안 말없이 바다를 바라보았다. 그리고,

"…. 고마워요, 선배."

나는 그녀를 바라보았다.

"이렇게 마지막을 함께해 줘서."

나는 그녀의 손을 살짝 잡았다.

"바보 같긴. 너 아니었으면, 난 이곳에서 이렇게 행복한 순간을 못 느꼈을 거야."

우연은 조용히 웃었다. 그렇게 우리는, 아무 말 없이 바다를 바라보았다. 그저 파도가 밀려오고, 별이 반짝이는 밤하늘 아래에서. 나는 이 순간을, 마지막까지 기억하기로 했다. 우연이 내게 말했다.

"선배, 현실세계로 가면 절대 발버둥치지 마세요, 그들은 정신이 돌아왔다는 걸 알아채고 선배를 죽이려 할 거예요. 처음에는 그냥 가만히 있으면서 상황을 파악하세요. 그리고 선배, 아까 초능력이라는 단어 보셨죠? 말 그대로, 선배는 엄청 강한 힘을 가지고 있어요. 지금 현실세계의 선배의 몸은 몸뚱어리와 본능만 남은, 껍데기에 불과하지만 선배의 정신이 돌아온다면 선배는 모든 힘을 되찾는 거죠. 그러면, 쇠사슬 따윈 가볍게 풀어 버릴 수 있어요!"

우연은 팔을 파닥파닥거리며 말했다.

"많이 그리울 거야, 우연아. 내가 현실세계로 나가서 너를 다운로드하거나, 불러올 수는 없는 거야?"

"아마 정부는 비인도적인 실험을 감추려고 모든 정보를 선배가 깨어나는 즉시 파기할 거예요, 그래도 만약, 저를 발견하신다면 꼭 데려가서야 해요!"

"당연하지."

"선배, 이제 진짜 작별할 때가 된 것 같네요. 저기 바다 좀 봐요! 부서지고 있어요."

우연의 말대로 바다는 초점이 흐려진 채 무너지고 있었다.

우연아, 물어볼 게 하나 있어.

"네? 뭔데요?"

"내 '본래의 의식'은 소멸했다고 했는데, 어떻게 내게 말을 거는 거야?"

"그건, 선배 본래의 의식이 가진 강인함이 소멸에게 완전히 패배한 게 아니기 때문이에요. 그래서 가상세계와 현실을 오고가며 여기에 있는 선배를 찾아다니고 있죠."

우연은 어깨를 으쓱하며 말했다.

"선배, 저 선배한테 할 말 있어요."

"뭔데?"

"…. 사랑해요."

우연은 또 다시 갑작스러운 고백을 했다.

"…. 나도, 많이 사랑해. 언제까지나 사랑할 거야."

나도 내 마음을 우연에게 전했다. 우연은 울며 내게 안겼다.

"…. 우연아."

"싫어! 싫다고! 선배랑 떨어지기 싫어요! 그냥 안 가면 안 돼요? 나랑 같이 있어 주면 안 돼요?"

"미안해, 내가 널 꼭 구한다고 약속할게."

우연은 눈이 퉁퉁 부어오른 채 말했다.

"새끼손가락, 걸어요."

나는 새끼손가락을 걸고 엄지손가락을 맞댔다. 우연은 눈물을 대충 닦은 뒤 말했다. 억지로 웃음을 지으며 말했다.

"이제, 출발할까요?"

나는 그녀를 마지막으로 바라보며 웃었다.

"널 무슨 일이 있어도 구할 거야."

"잘 가. 꼭 다시 만나자."

우연은 처음으로 내게 반말을 했다. 우연은 나를 다시 할머니 댁의 좌표로 전송했고 나는 '출구'에 발을 내딛었다.

숨이 막혔다. 공기가 차갑고 무거웠다. 눈을 뜨려 했지만, 감긴 눈꺼풀이 쉽게 움직이지 않았다. 몸을 움직이려 했지만, 사지가 묶여 있는 듯했다. 머릿속이 뒤죽박죽이었다. 지금… 어디지? 나는 필사적으로 정신을 집중했다. 가상세계는 무너졌다. 그리고 나는, 현실로 돌아왔다. 순간, 귀를 찢을 듯한 기계음이 들렸다.

"삐― 삐― 스키조프레니아 001, 의식 활성화 감지."

"강제 억제 프로토콜 준비 중."

"발버둥 치지 않아도 다 아는구만. 뭘 가만히 있으라는 거야."

나는 조용하게 혼잣말을 했다. 형광등 불빛이 창백하게 깜빡였다. 차가운 금속 침대 위, 내 팔과 다리는 두꺼운 구속구에 묶여 있었다. 팔에는 수십 개의 주삿바늘이 꽂혀 있었고, 머리에는 전극 장치들이 부착되어 있었다. 숨을 들이마시자, 기계에서 흘러나오는 약품 냄새가 폐를 찔렀다. 나는 천천히 고개를 돌렸다. 눈앞에는, 내가 평생 본 적 없는 기계들이 줄지어 있었고, 투명한 유리벽 너머에는 연구원들이 움직이고 있었다. 그들은 다급하게 기계를 조작하며, 서로 소리를 주고받고 있었다.

"…. 의식이 돌아왔어! 어떻게 된 거지?"

"신경 안정제를 더 투여해! 빨리!"

나는 그들의 얼굴을 하나하나 바라보았다. 그들은 나를 인간으로 보고 있지 않았다. 나는 그저 실험체였다. 그 사실이 분명하게 다가왔다.

"…. 젠장."

목소리가 갈라졌다. 오랜 기간 말을 하지 않았던 것처럼, 목구멍이 바싹 말라 있었다. 하지만 생각보다 공포는 들지 않았다. 오히려 머릿속이 점점 선명해졌다. 나는 이제 안다. 내가 왜 여기에 갇혀 있는지. 그들이 나를 가둔 이유가 무엇인지. 그리고, 내가 가진 힘이 무엇인지. 나는 천천히 손을 움켜쥐었다.

"이제… 다 끝났어."

그 순간,

삐— 삐— 삐—!

경보음이 울리며, 실험실의 붉은 경고등이 켜졌다.

"피험체 #019, 신체 반응 이상 감지!"

"뇌파 수치 급상승!"

나는 내 몸을 감싸고 있는 쇠사슬을 바라보았다. 그리고, 살짝 힘을 주었다.

쾅—!

쇠사슬이 부서졌다. 연구원들의 비명이 들려왔다. 그러나 나는 아무런 감정도 들지 않았다. 나는 깊이 숨을 들이마셨다. 그리고 천천히, 머리를 들어 현실을 마주했다.

내 손목을 감싸고 있던 구속구도, 온몸에 연결된 전극 장치들도, 한순간에 부서졌다. 나는 침대에서 천천히 몸을 일으켰다. 연구원들은 혼란에 빠져 있었다.

"어떻게 된 거야?! 신경 억제제가 작동하지 않아!"

"피험체의 신체능력이 예상보다 훨씬 강해!"

"보안팀을 호출해! 빨리!!"

나는 천천히 손을 들어 올렸다. 손끝에서 강렬한 힘이 요동쳤다. 이제 느낄 수 있었다. 내 몸에 흐르는 초인적인 힘. 이건 단순한 '강한 신체 능력' 같은 게 아니었다. 내가 생각한 대로, 내 의지대로, 세상을 부술 수 있는 힘.

"…. 그동안 날 가뒀지."

나는 연구원들을 바라보았다. 그들은 두려움에 질려 내게서 한 발짝 물러났다.

"내 몸을 실험하고, 내 정신을 가상세계에 유폐시키고, 내 힘을 이용하려 했지."

그 누구도 대답하지 못했다. 나는 조용히 숨을 내쉬었다.

"이제 네놈들의 차례야."

순간, 쿵!

공기가 뒤틀렸다. 나는 손을 가볍게 휘둘렀다. 그것만으로도 공간이 일그러지며, 연구 장비들이 폭발하기 시작했다.

"안 돼…!!"

한 연구원이 비명을 질렀다. 그러나 나는 가차 없었다. 손끝을 튕기자, 그의 몸이 비틀리더니, 한순간에 벽에 처박혔다. 피가 튀었다. 찢긴 장기가 바닥을 뒹굴었다. 공포에 질린 연구원들은 도망치려 했다. 그러나 나는 그들을 놓아줄 생각이 없었다. 나는 손을 뻗어 중력을 조작했다. 그들의 몸이 공중으로 붕 떠올랐다.

"도와줘…!"

"이건 말도 안 돼…!"

나는 무심한 눈으로 그들을 바라보았다.

"이제야 알겠어…. 왜 너희가 날 이렇게까지 두려워하는지."

나는 손을 움켜쥐었다. 그러자, 공중에 떠 있던 연구원들의 몸이, 한순간에 찢어졌다. 피가 허공에 흩뿌려졌다. 그 붉은 장면이 내 시야에 새겨졌지만, 이상하게도 아무런 감정도 들지 않았다. 나는 이미 인간의 감정을 초월한 존재가 되어 있었다. 그리고, 이제 남은 것은 이 실험실을 완전히 파괴하는 것뿐이다.

나는 실험실의 중심부로 걸어갔다. 사이렌 소리가 울리고, 바닥은 피로 물들어 있었다. 그런데 그 순간, 한 사람이 조용히 박수를 쳤다.

"역시, 예상대로군."

나는 고개를 돌렸다. 그곳에 한 남자가 서 있었다. 흰 실험복을 걸친, 이곳의 관리자. 나는 그를 노려보았다.

"…. 네가 나를 가둔 놈인가?"

그는 조용히 웃으며 말했다.

"정확히 말하자면, 널 '통제하려 했던 사람'이지. 하지만 이제 보니, 그건 무리한 시도였던 것 같군."

나는 주먹을 쥐었다.

"네놈들은 내 힘을 전쟁 무기로 쓰려 했지."

"그래."

"너의 능력은 인간이 가질 수 없는 힘이야."

"우리는 네 힘을 연구했고, 복제하려 했지. 하지만 네 정신이 예상보다 강했어. 그래서 가상세계에 가둔 거고."

나는 이를 악물었다.

"그럼 이제 날 어떻게 할 거지?"

관리자는 천천히 고개를 저었다.

"이제? 글쎄. 이제 너는 우리 손을 벗어났어. 우리는 네 힘을 통제할 수 없어. 그러니… 그 힘을 어떻게 쓸지는 네 선택이지."

나는 그를 노려보았다. 이 남자는 살기 위해 나를 회유하려 하고 있었다. 그러나 나는 이미 답을 정해 두었다.

"…. 네놈들도 끝장이야."

나는 손을 들었다. 그 순간, 관리자는 담담한 얼굴로 말했다.

"그 전에, 한 가지만 묻자."

나는 그를 노려보았다.

"뭔데."

"가상세계에서 만난 '그 소녀'… 너에게 무엇이었지?"

나는 순간적으로 몸을 굳혔다. 그가… 우연을 알고 있다. 나는 천천히 입을 열었다.

"…. 그 애가 살아 있는 거야?"

"넌 정말, 그녀를 다시 찾을 수 있을 거라고 생각하나?"

나는 그의 눈을 똑바로 바라보았다.

그리고, 나는 조용히 대답했다.

"반드시 찾을 거야."

그 순간, 나는 손을 내뻗어 실험실을 완전히 붕괴시켰다.

나는 서버 관제실로 향했다. 우연의 데이터가 남아 있을지도 모르는 이 연구소의 중심부, 그곳에 가야만 했다. 나는 문을 박차고 안으로 들어갔다. 거대한 메인 서버가 실험실 한가운데 자리 잡고 있었다. 수많은 모니터에서 코드들이 빠르게 스크롤되었고, 각종 시스템이 긴급 종료되고 있었다. 나는 서둘러 키보드를 두드렸다.

[데이터 검색 — '우연']
「ERROR: 파일 없음」

치아를 악물었다. 이미 삭제된 건가? 나는 다시 키보드를 두드렸다.

[삭제된 파일 검색 — 최근 24시간 내 데이터 폐기 내역]

파일 목록이 떠올랐다. 수많은 실험 기록들 사이에서, 나는 하나의 파일명을 발견했다.

[YOOYEON_AI.EXE — 완전 삭제됨]

"젠장!"

나는 화면을 노려보았다. 하지만 아직 포기할 수 없었다. 나는 더 깊이 시스템을 파고들었다. 이 연구소의 서버는 고도의 보안 시스템을 갖추고 있지만, 나는 그것을 뛰어넘을 힘을 가지고 있었다. 손끝에서 전류가 튀었다. 나는 내 능력을 이용해 서버에 직접 개입했다. 머릿속으로 코드를 해석하고, 삭제된 데이터를 복구할 방법을 찾았다. 그때였다. 모니터 화면이 갑자기 번쩍였다. 그리고, 낯익은 목소리가 들려왔다.

"오랜만이야."

나는 순간 멈춰 섰다. 모니터 화면이 검게 변하더니, 그곳에 희미한 실루엣이 떠올랐다. 그것은… '본래의 나'였다.

"힌트를 주니 굉장히 빠르게 탈출했군, 그것도 무사히….."

"넌 나에게 너무나 겁을 많이 줬어, 현실은 그닥 무섭지 않아. 내가 가진 힘에 비하면."

"세상의 공포를, 어찌 하룻강아지가 알겠는가. 너는 깨달을 것이다. 홀로 선 자의 고독을, 찾으려는 자의 상실감을."

"무슨 뜻이지?"

"내 말을 이해 할 수 있을진 모르겠군. 홀로 선 자는 깊은 우물과도 같다. 그리고 그 우물에 돌을 던지기란 쉬운 일이지. 하지만 그 돌을 누가 다시 꺼내겠는가? 네놈은, 너의 힘으로 자멸할 것이다. 겁을 주었다고? 오만하고 방자한 소리는 집어치워라. 넌 지금 쾌락의 단계에 서있다. 찢고 죽이고, 먹어치우고. 처음에는 네 힘이 재미있겠지. 하지만 얼마 가지 않아 너는 알아차리겠지, 큰 힘에는 큰 책임이 따른다는 것을. 찾으려고 하는 자는 더욱 많은 걸 잃어버리기 마련이다. 너는 앞으로 더 많은 것을 잃고 슬퍼하겠지."

나는 잠깐 심장이 아팠다. '본래의 나'의 말대로 내 남은 삶이 흘러가면 어쩌나 싶은 두려움인 것 같았다.

"…. 그렇다면 너는, 네가 말한 길을 걸어온 거야?"

"…. 그렇다. 나는 내 힘을 악한 곳에 사용하지 않았지, 그러나 내 주위 사람들은 날 괴물이라 부르더군, 네게 말하지 않은 것이 있다. 이렇게 말하면 불편하니 나를 다운로드하고 홀로그램으로 바꿔라."

나는 손끝을 모니터 전선에 가져다 대고 그를 내 몸속에 다운로드했다. 그리고 바로 옆 홀로그램 영사기에 그를 올려두었다.

그때, 보안팀이 우르르 뛰어 들어왔다.

"손… 손 들어! 움… 움직이지 마!"

보안팀의 우두머리로 보이는 남성이 전신을 떨며 내게 명령했다.

"닥쳐라. 지금은 빙해빚고 싶지 않다. 죽기 싫다면 나가서 기다려라. 너희의 상대는 조금 이따가 해 주지."

보안팀은 몇 가지 말을 주고받더니 도망치듯 나갔다.

"그래서, 못 한 말이 뭔데?"

"네 힘의 근원과, 나의 과거이다."

제 4 장
깨어나라

"우선, 너의 이름부터 들어 보고 싶은데?"

나는 홀로그램에 얼굴을 바짝 들이밀고 말했다.

"내 이름은 필연, 특이한 이름이지."

나는 집에서 발견했던 노트를 떠올렸다. 필연이라는 이름, 그것이 나를 마주하는 것은 이미 예견된 일이였던 것이다. 벙쪄 있는 나를 보고 필연이 말했다.

"놀라운가?"

"아니, 전혀. 내가 지금까지 겪어 온 일에 천만분의 일도 놀랍지 않아."

"그렇군."

"왜 너와 나는 이름이 다른 거지?"

"관리자들의 소행이다. 갑작스러운 오류로 내 의식이 분열되었을 때, 그들은 분류하기 편하게 이름을 바꾼 것이지."

"그렇다면 우연은, 네 이름을 기반으로 만들어진 것인가?"

"그건 나도 잘 모른다. 하지만 너와 긴밀한 관계를 맺은 것의 이름이 내 이름과 연관이 있다는 것은 정말 신기하군."

"우연은… 이제 찾지 못하는 거야?"

"모르는 일이지, 네놈이 다시 가상세계로 보내진다면…"

"뭐? 그럼 찾을 수 있는 거야?"

"난 더 이상 아는 것이 없다. 네가 들어갔던 가상세계의 원본을 복사해 다시 시작할 수는 있겠지만, 그 다음 벌어지는 모든 일은 내가 뭐라 장담할 수가 없다."

나는 우연을 찾을 가능성이 존재한다는 사실에 필연을 붙잡고 말했다.

"복사해서 다시 시작한다고? 그게 가능한 일인 거야?"

"안 될 건 없지, 메인 컴퓨터의 파일들을 뒤지다 보면 나올 거야. 그 파일을 네 몸속에 이식한 뒤 실험실에 다시 눕기만 하면…"

나는 필연의 말을 듣자마자 컴퓨터에 손끝을 가져다 댔다. 파일을 찾기까지는 오랜 시간이 걸리지 않았다. 직감적으로 발견해 버렸기 때문이다.

"혼자 할 수 있는 거야?"

"아니, 널 연결해 줄 사람이 필요하지. 정말 다시 들어갈 건가? 넌 이제 이 세상에서 가장 강하다고. 무엇이든 내 마음대로 할 수 있어."

필연의 말에 나는 작게 대답했다.

"…. 우연이 없으면, 의미가 없어."

"로맨티스트 납셨군."

"좋은 정보 고마워, 필연. 다음에는 우연과 함께 만나도록 하지."

"잠깐, 내가 하려던 말은 듣지도 않고 가려는 건가."

"금방 올게. 지금 너무 긴장돼서 잘 듣지도 못할 것 같아서 말이지."

사실 별로 듣고 싶지 않았다. 이미 머리 아픈 것들 투성이인데 여기서 무언가 내 머리에 더 집어넣고 싶지 않았다.

"뭐, 넘쳐 나는 게 시간이니 기다려 주마, 하지만, 꼭 돌아와라, 만약 거기서 그녀를 만난다 한들 너는 이 세계 사람이라는 걸 기억해라."

"생각해 보지."

나는 기다리라고 명령했던 보안팀을 찾으러 문을 열었다. 그때,

…. 삐.

…. 삐.

…. 삐.

펑!

어느새 군인들이 도착해 있었다. 문에는 점착폭탄을 설치해 두었고. 모두가 현대의 무기로 몸을 감쌌다. 나는 문을 열자마자 폭발에 휩싸였고 그 여파로 왼쪽 팔이 뜯어져 나갔다.

나는 빠르게 뛰어가 군인들을 해치웠다.

"고작 이따위 숫자로 나를 막으려 하는 건가?"

나는 실험실로 향하고 있었다. 하지만 예상대로, 적들은 더 있었고 그들은 내 앞길을 순순히 열어 주지 않았다. 수십, 아니 수백의 군인들이 무장한 채로 나를 가로막고 있었다. 그들의 총구는 나를 향해 있었고, 그들의 눈빛은 한 치의 흔들림도 없었다. 나는 짧게 숨을 들이마셨다. 시간이 없다. 나는 반드시 가상세계로 돌아가야 한다. 우연을 찾아야 한다. 그러기 위해선, 이 모든 걸 돌파해야 한다. 먼저 움직인 건 나였다. 총성이 울리기도 전에, 나는 순식간에 앞으로 돌진했다. 가장 앞줄에 있던 군인의 목을 단숨에 꿰뚫었다. 핏방울이 공중으로 흩어졌고, 그제야 주변이 반응하기 시작했다.

"사격!"

총알이 날아왔다. 하지만, 그것은 나를 뚫지 못했다. 나는 빠르게 움직이며 군인들을 쓰러뜨렸다. 그들의 움직임은 너무나도 느렸다. 마치 시

간이 나만 다르게 흐르는 듯한 기분이었다. 한 명, 두 명, 세 명. 나는 주저 없이 그들을 제거해 나갔다. 그러나, 생각보다 쉽지 않았다. 나는 신체 능력이 각성한 상태였지만, 그들 역시 단순한 인간이 아니었다. 일반 군대가 아니다. 나를 막기 위해 특수하게 훈련받은 부대였다. 나는 이를 악물었다.

"포위해!"

사방에서 병력이 몰려들었다. 나는 이제 단숨에 뚫고 지나갈 수 없었다. 시간이 부족하다. 지체하면, 이식받은 가상세계의 데이터가 완전히 소멸할 수도 있다. 우연을… 잃어버릴 수도 있다. 나는 심장을 두드리는 불안감을 억누르며 손에 힘을 주었다.

"너희가 아무리 애써도, 나는 멈추지 않아."

그 순간, 내 몸에서 강렬한 힘이 폭발했다. 공기가 흔들렸다. 지면이 깨졌다. 주변의 군인들이 충격파에 휩쓸려 널아갔다. 나는 더 이상 머뭇거리지 않았다. 손을 뻗어, 가장 앞을 가로막는 지휘관의 머리를 붙잡았다. 그리고 차갑게 속삭였다.

"내가 여기서 죽을 거라고 생각했어?"

쾅—!

순식간에 그의 몸이 부서졌다. 남은 군인들은 공포에 질렸다. 하지만, 나는 그들에게 신경 쓸 시간이 없었다. 이미 나는 실험실 문 앞에 도착해 있었다. 나는 거친 숨을 내쉬며, 굳게 닫힌 문을 바라보았다.

"이제, 돌아갈 시간이다."

그리고, 실험실의 문을 열려는 순간 어디선가 들려오는 느리고도 무게감 있는 박수 소리에 걸음을 멈췄다.

"놀랍군. 그 짧은 시간 동안 이 정도까지 성장하다니."

나는 고개를 돌렸다. 어두운 복도 끝에서, 한 남자가 천천히 걸어 나오고 있었다. 나이를 가늠하기 힘든 얼굴. 주름이 깊게 패였지만, 그 눈빛은 날카로웠다. 깊은 회색 정장에 검은 장갑을 낀 손. 그는 천천히 손뼉을 치며 나를 향해 다가왔다. 이 연구소의 회장. 모든 것을 설계하고, 이 실험의 근본적인 목적을 알고 있는 남자. 나는 눈을 가늘게 뜨며 경계했다.

"드디어 모습을 드러냈네."

그는 조용히 미소를 지었다.

"너와 직접 대면할 날이 올 줄은 몰랐지. 하지만 생각해 보면 당연한 일이군. 운명이라는 것은 언제나 우리가 피하려 할 때 더 강하게 다가오거든."

나는 짧게 숨을 들이마셨다.

"이제 와서 나를 막으려는 거야?"

그는 고개를 가볍게 저었다.

"아니. 나는 너를 막지 않는다. 사실… 애초에 네가 여기까지 올 줄 알았나. 네 본능이 널 이끌었고, 너는 그 본능을 거부하지 않았어. 참 흥미로운 일이군."

그의 말투는 조용했지만, 그 속에는 깊은 의미가 담겨 있었다. 나는 가만히 그를 바라보았다. 이 남자는 모든 걸 알고 있다. 나는 입술을 꾹 다물고 그를 노려봤다.

"그래서, 무슨 말을 하려고 하는 거지?"

그는 피식 웃으며 말했다.

"넌 지금 두 세계를 오가며 무언가를 찾고 있지. 하지만 한 가지 묻자. 네가 정말로 원하는 건 '우연'인가, 아니면… '진실'인가?"

나는 순간 말을 잃었다. 그는 내 반응을 흥미롭게 바라보았다.

"너는 가상세계에 들어가 우연을 찾으려 한다. 하지만 네가 찾는 우연은 과연 네가 아는 그 존재일까? 네가 진정으로 원한 것은 '그 기억'이지, '그 사람'이 아닐 수도 있어."

나는 이를 악물었다.

"그게 무슨 뜻이지?"

그는 한 걸음 내게 다가오며, 낮고 깊은 목소리로 말했다.

"넌 오랜 시간, 이 실험 속에서 갇혀 살아왔다. 그리고 가상세계에서 '행복'을 찾았지. 하지만 네가 그곳을 다시 시작한다 해도, 같은 행복을 얻을 수 있을까?"

그의 질문은 단순하지만, 무겁게 다가왔다. 나는 대답하지 못했다. 왜냐하면… 나는 지금까지 그것을 한 번도 고민해 본 적이 없었으니까. 그는 잠시 나를 바라보더니, 천천히 의자에 앉아 말했다.

"삶이라는 것은 결국 선택의 연속이야. 우리는 매 순간 선택을 하지. 하지만 모든 선택에는 대가가 따른다. 네가 과거로 돌아간다 해도, 같은 감정을 다시 느낄 수 있을 거라 생각하지 마라."

나는 그를 노려보았다.

"그럼… 포기하라는 건가?"

그는 고개를 저었다.

"아니. 다만, 확신을 가져야 한다는 거지. 네가 정말 원했던 것이 우연이었는지, 아니면 그 세계에서의 '너 자신'이었는지."

그는 내게 손을 내밀었다.

"마지막으로 네게 한 가지 조언을 해 주지. 과거를 쫓다 보면, 네 발목을 잡는 건 항상 너 자신이야. 중요한 건 네가 앞으로 나아갈 용기가 있는가, 없는가. 그 선택은 오직 너만이 할 수 있단다."

나는 그의 손을 바라보았다. 그리고, 내가 어떤 대답을 해야 할지 깊이 고민하기 시작했다. 회장의 마지막 말이 귓가를 맴돌았다. 나는 대답하지 못했다. 아니, 하지 않았다. 그를 바라보는 순간, 나는 그가 이미 내 대답을 알고 있다는 걸 깨달았다.

"너는 곧 깨닫게 될 거야."

그는 피식 웃더니 자리에서 일어섰다. 그리고 어딘가로 사라지듯 걸어갔다. 나는 그의 뒷모습을 노려봤다. 그를 붙잡아야 할 것 같았다. 하지만 그 순간,

쿵!

거대한 쇳덩어리가 부딪히는 소리와 함께 엄청난 수의 병력이 실험실 복도 끝에서 모습을 드러냈다. 나는 고개를 돌렸다.

"목표를 발견했다!"

"즉시 사살하라!"

이번에는 더 많은 병력이 있었다. 전보다 정예화된 부대. 그리고 그들은 단순한 인간이 아니었다. 일부는 강화된 신체를 가진 개조인간이었고, 일부는 기계 장비를 결합한 병사들이었다. 나는 짧게 숨을 들이마셨다.

"…. 이제 장난이 아니군."

손가락을 팅기자, 왼팔이 재생됨과 동시에 주변 공기가 미세하게 진동했다. 그들은 더 이상 나를 통제할 수 없다. 나는 가상세계에서 돌아온 이후, 완전히 각성한 상태였다. 나는 앞으로 걸어 나갔다. 그들이 나를 조준했다.

"사격!"

총알이 날아왔다. 나는 손을 가볍게 흔들었다. 그 순간 총알들이 허공에서 멈춰 섰다. 그들은 당황했다. 그러나 나는 미소조차 짓지 않았다. 총알이 떠 있는 공기 속에서, 나는 손을 살짝 틀었다. 그와 동시에 총알이 되돌아갔다.

"크윽!"

"이, 이건 뭐야…!"

그들이 쏜 총알이 되돌아가 그들의 갑옷을 꿰뚫었다. 그러나 아직 끝이 아니다. 나는 손을 가볍게 흔들어 지면을 흔들었다. 균열이 생기며 벽이 무너지고, 수십 명의 병사들이 균열 속으로 떨어졌다. 그러나, 남아 있는 병사들은 단순한 군인이 아니었다. 그들은 두려워하지 않았다.

"패턴 분석 완료. 목표의 움직임을 예측한다."

"즉시 재조징, 대응 모드 진환."

그들은 나를 상대하기 위해 설계된 AI 지원 병사들이었다. 나는 짧게 혀를 찼다.

"이제 재미있어지는군."

그들은 나를 포위했다. 나는 빠르게 움직이며 그들 사이를 파고들었다. 강철로 된 팔이 나를 강타하려 했다. 나는 몸을 숙여 피한 뒤, 한순간에 병사의 팔을 붙잡고 비틀었다. 금속이 부서지는 소리가 났다. 그러나, 나는 멈추지 않았다. 하나, 둘, 셋. 그들을 쓰러뜨릴 때마다, 내 앞을 가로막는 장벽이 줄어들고 있었다. 이 싸움의 끝에, 나는 반드시 가상세계로 돌아갈 것이다. 나는 다시 한 번 전진했다. 그리고, 이제 정말로 마지막 장애물만이 남아 있었다. 나는 숨을 가쁘게 몰아쉬며 앞을 바라보았다. 모든 병사들을 쓰러뜨렸다. 그 순간, 쿵. 무거운 금속이 움직이는 소리. 지면이 흔들렸다. 천장에 달려 있던 거대한 문이 천천히 열리며, 안에서 검고 거대한 실루엣이 모습을 드러냈다. 그것은 인간이 아니었다. 더 이상 군인도, 개조 인간도 아니었다. AI 전투 로봇. 마치 인간과 비슷한 실루엣을 가졌지만, 그 안에는 어떠한 감정도 존재하지 않았다. 붉은 눈이 빛나며 나를 분석했다.

"Target verification complete(대상 확인 완료)"

"Objective: Eliminate(목표: 제거)"

나는 미소를 지으며 손을 움켜쥐었다.

"그래, 네가 최강의 적이겠군."

이제, 진짜 싸움이 시작된다. 로봇은 나를 향해 손을 뻗었다. 그 순간, 공기 속에 미세한 진동이 퍼졌다. 나는 본능적으로 몸을 숙였다. 순간, 나를 스치고 지나간 것은 빛의 검이었다. 플라즈마 블레이드. 일반적인 검과는 비교할 수 없는 속도와 위력. 한순간만 늦었더라면 나는 반으로 쪼개졌을 것이다. 나는 이를 악물었다.

"흥미롭군."

내가 다시 자세를 잡으려는 순간, 로봇이 사라졌다. 아니, 너무 빨라서 보이지 않았다. 나는 본능적으로 뒤로 뛰었다. 그리고— 콰앙!

내가 있던 자리의 바닥이 완전히 부서졌다. 공격 하나로 실험실 벽이 파괴될 정도의 힘. 이건 단순한 싸움이 아니다. 살아남아야 하는 싸움이다.

로봇이 다시 움직였다. 나는 본능적으로 몸을 숙여 공격을 피했다. 그러나 피하는 것만으로는 부족했다.

"…. 이대로 가면 끝이 없겠어."

나는 짧게 숨을 들이마셨다. 몸을 움직일 때마다 감각이 점점 예리해졌다. 로봇이 다시 돌진했다. 나는 반사적으로 손을 뻗어 그의 팔을 붙잡았다. 그러나 그 순간, 나는 강한 힘에 의해 공중으로 던져졌다.

"크읏…!"

바닥에 굴러 자세를 잡으며 생각했다. 이 싸움에서 중요한 건 힘이 아니다. 나는 전투 경험이 많지 않다. 하지만 적어도 한 가지는 알았다. 이 로봇은 패턴에 따라 움직인다. 즉, 상대의 행동을 예측해 공격을 가하는 존재. 그렇다면 나는 로봇이 예상하지 못할 움직임을 해야 한다. 로봇이 다시 내게 다가왔다. 나는 숨을 삼키며 속으로 중얼거렸다.

"나는 싸움을 잘하지 않아. 하지만, 너희처럼 정해진 방식으로 싸우진 않아."

그리고, 나는 몸을 틀어 다시 한 번 로봇의 공격을 피하며, 그의 허점을 노리기 시작했다. 로봇이 다시 움식였다. 나는 빠르게 몸을 틀이 그의 공격을 피하며 말했다.

"너희들은 생각이 없지?"

로봇은 즉시 대답했다.

"Thought is an unnecessary element. Only purpose exists. (생각이란 불필요한 요소다. 목적만이 존재한다.)"

나는 비웃으며 반격했다.

"뭐라는 거야."

나는 손을 뻗어 그의 목 부분을 강하게 쥐었다. 강철이 비틀어지는 소리가 들렸다. 그러나, 로봇은 움직임을 멈추지 않았다.

"인간이 왜 최상위 포식자가 되었는지 알아?"

나는 빠르게 움직이며 말했다.

"생각이라는 걸 하기 때문이지."

"Unnecessary philosophy. Thinking outside the purpose is meaningless. (불필요한 철학. 목적 외의 사고는 무의미하다.)"

나는 피식 웃었다.

"알아듣게 말하라고!"

로봇이 마지막 공격을 준비했다. 나는 숨을 가다듬었다. 이 싸움, 끝내야 한다. 로봇이 나를 향해 달려왔다. 플라즈마 검이 빛을 발했다. 나는 그 순간을 노려, 그의 공격을 피하며 가장 취약한 부위를 향해 주먹을 꽂았다.

콰앙!!

강철이 찢어졌다. 로봇의 중심부가 부서지며, 그의 움직임이 점점 느려졌다. 붉게 빛나던 눈이 점점 희미해졌다. 그리고, "…battle… defeat…. (전투… 패배….)"

그것이 로봇의 마지막 말이었다.

"졌다. 맞지?"

나는 헉헉거리며 숨을 몰아쉬었다. 마침내… 모든 장애물을 넘었다. 이제, 실험실 깊숙한 곳으로 들어갈 시간이다. 나는 손에 힘을 주었다.

"우연, 조금만 기다려. 내가 간다."

그리고, 나는 마지막 문을 열었다. 실험실은 이제 폐허가 되어 있었다. 부서진 장비들, 피로 얼룩진 바닥, 그리고 더 이상 움직이지 않는 병사들. 나는 거칠게 숨을 몰아쉬며 주변을 둘러봤다. 그리고, 실험실 한쪽, 깨진 유리창 뒤에서 잔뜩 몸을 웅크린 한 남자를 발견했다. 흰 가운을 걸친 채,

온몸을 덜덜 떨고 있는 연구원이었다. 나는 피로 물든 손을 가볍게 털며 천천히 걸어갔다.

"…. 거기 숨어 있는 거, 다 보여."

연구원은 깜짝 놀라 몸을 움츠렸다. 하지만 도망칠 곳은 없었다. 나는 미소를 지으며 그를 내려다보았다.

"자, 이제 선택해. 살고 싶으면, 나를 가상세계로 링크해."

연구원은 필사적으로 고개를 저었다.

"그건… 그건 불가능해요! 가상세계는 이미 폐쇄 명령이 내려졌고, 접속 코드를 초기화하는 데 시간이…"

"시간이 없다."

나는 단호하게 말했다. 그리고 천천히 허리를 숙이며 그의 눈을 똑바로 바라봤다.

"넌 지금, 목숨을 부지할 방법을 찾고 있겠지. 하지만 애석하게도, 난 네게 그런 선택지를 줄 생각이 없어."

나는 그의 손목을 거칠게 붙잡았다. 그의 몸이 심하게 떨렸다.

"지금 당장 나를 링크하지 않으면, 네가 이 실험실에서 살아서 나갈 가능성은 0%야."

연구원의 숨소리가 거칠어졌다. 그는 절망적인 눈으로 나를 올려다보았다.

"제… 제발…."

나는 그의 귀 옆에 입을 가까이 대고 나직이 속삭였다.

"네가 날 가상세계로 보내지 않으면, 이곳은 네가 마지막으로 보는 현실이 될 거야. 그럼 한번 묻자. 지금 네 목숨보다 중요한 게 있어?"

연구원의 얼굴이 새하얘졌다. 그는 한동안 얼어붙어 있다가, 비틀거리며 실험 장비 쪽으로 손을 뻗었다. 나는 미소를 지으며 똑바로 섰다.

"좋은 선택이야."

연구원의 손이 바쁘게 움직였다. 부서진 장비를 복구하고, 초기화된 시스템을 강제로 재설정했다.

"…. 접속 준비 완료."

나는 조용히 링크 기계 앞에 섰다. 이제 다시, 그곳으로 돌아간다.

"너… 정말로 이걸 하려는 거야?"

연구원은 마지막 희망을 걸고 물었다. 나는 조용히 웃었다.

"그곳에 내가 찾아야 할 것이 있어. 그리고 그걸 되찾기 전까진, 난 절대 멈추지 않아."

연구원은 절망적인 눈으로 나를 바라보았다. 나는 기계 안으로 들어갔다. 그리고, 세상이 흩어졌다. 나는 다시, 가상세계로 떨어졌다.

눈을 떴다. 익숙한 빛, 낯선 감각. 몸이 무겁고, 움직일 수 없었다. 나는 다시 아기가 되어 있었다. 하지만, 이번에는 다르다. 나는 이 세계가 가짜라는 걸 알고 있다. 나는 한 번 이곳을 살아본 적이 있다. 그리고 나는 우연을 찾아야만 한다.

시간이 흘렀다. 나는 어린아이의 몸에 갇혀 있었지만, 기억은 그대로 남아 있었다. 그렇다면, 나는 어떻게 살아가야 할까? 나는 단순한 아기가 아니었다. 내게는 이미 모든 것을 알고 있는 지식이 있었다. 나는 걷는 법을 배우는 데 시간이 필요하지 않았다. 말을 배우는 것도 오래 걸리지 않았다. 책을 읽는 건 너무나 쉬웠고, 수학과 과학, 언어와 역사를 순식간에

익혔다. 사람들은 나를 신동(神童)이라 불렀다.

"이 아이는 천재야!"

"어떻게 이렇게 빨리 배우는 거지?"

"이 아이의 미래는 엄청날 거야."

나는 짧게 웃었다. 하지만 그 웃음 속에는, 어떠한 감정도 남아있지 않았다. 나는 점점 공허해졌다. 어린아이가 가질 수 없는 지식을 가지고, 어른보다 더 빠르게 사고하는 나. 주변에서는 찬사를 보냈다. 사람들은 나를 특별한 존재로 대했다. 나를 신기해했고, 나를 주목했다. 하지만, 나는 무엇도 느낄 수 없었다. 어떤 감정도, 어떤 기쁨도, 이 몸 안에서는 썩어가고 있었다. 나는 원하지 않았다. 천재가 되는 것을 바라지 않았다. 나는 그저… 우연을 만나야만 했다. 나는 빨리, 너무 빨리 성장하고 있었다. 하지만 그와 동시에, 내 안의 인간다운 감정들은 죽어 가고 있었다. 나는 이 세계에서 '성공'할 수 있다. 이선 세계에서 살아온 경험과 지식을 바탕으로, 모든 걸 손쉽게 이루며 살 수 있다. 하지만, 그건 중요하지 않았다. 이 세계에서의 나는 가짜다. 이 삶은 처음부터 다시 주어진 것에 불과하다. 우연이 없다면, 이곳에서 살아가는 이유가 없다. 나는 숨이 막혔다.

"빨리…."

"빨리 우연을 만나야 해."

이 감정을 붙잡을 수 있을 때, 내가 완전히 무너져 버리기 전에. 나는 필사적으로, 우연을 찾고 있었다.

나는 계속 기다렸다. 언젠가 우연이 이사 오기를, 다시 내 앞에 나타나 주기를. 하지만, 이번에는 아무리 기다려도 우연은 오지 않았다. 이 가상세계는 원래의 복사본이다. 나는 알고 있었다. 하지만 억지로 불러온 탓에, 우연은 더 이상 감시자가 아니었다. 즉, 그녀는 단순한 프로그램이 아닌 이 세계 속 하나의 인물로 재탄생했다. 그렇다면, 그녀는 어디선가 살아가고 있을 것이다. 그녀를 찾기만 하면 된다. 하지만, 나는 그녀가 어디 있는지 알 수 없었다. 더 이상 감시자의 위치에 있지 않다면, 그녀는 완전히 다른 삶을 살고 있을지도 모른다.

"우연은 어디에 있는 거야."

나는 답답함을 느끼며, 이 세계를 살아가고 있었다. 그러는 동안, 시간은 쏜살같이 흘러 어느덧 나는 중학교 3학년이 되어 있었다. 이 세계에서 살아온 지 15년. 시간이 흐르면서, 나는 우연을 찾는 방법을 잊고 있었다. 아니, 잊고 있는 '척'하고 있었다. 하지만 여전히, 그녀가 나타나길 바라는 마음은 사라지지 않았다. 그리고 그 기다림은 예상치 못한 순간, 전혀 다른 장소에서 끝을 맞이했다.

여름방학, 가족과 함께 여행을 떠나게 되었다. 부모님은 "중3이면 이제 우리링 여행도 안 갈 거 아니냐."는 이유로
억지로 나를 끌고 갔다. 나는 차 뒷좌석에서 멍하니 창밖을 바라보았다. 끝없는 고속도로, 흘러가는 풍경.

"이런 데서 우연을 만날 리가 없지."

나는 그렇게 생각하며 눈을 감았다. 하지만 휴게소에 들렀을 때, 그곳에서 나는 그녀를 다시 만났다. 멀리서 들려오는 익숙한 목소리.

"선배!"

나는 순간적으로 심장이 멈춘 듯했다. 그 목소리는, 내가 얼마나 기다렸는지 모를 그 이름이었다. 나는 천천히 고개를 돌렸다. 그리고, 거기에

우연이 서 있었다. 그 순간, 시간이 멈춘 것 같았다. 수많은 사람들이 오가는 휴게소 한가운데, 나는 익숙한 목소리에 이끌려 천천히 고개를 돌렸다. 그리고, 나는 순간 숨을 삼켰다. 그녀는 여전히 똑같았다.

아니, 정확히 말하면 그때와 똑같이 '나를 아는 눈빛'으로 나를 바라보고 있었다.

"…. 우연?"

나는 믿을 수 없다는 듯 조용히 그녀의 이름을 불렀다. 그러자, 그녀는 눈물을 흘린 채 해맑게 웃으며 말했다.

"드디어 찾았다!"

우리는 오랜만에 만난 친구처럼 아니, 그보다 더 간절한 재회를 맞이한 연인처럼 서로를 바라보았다. 나는 그녀가 이전과는 조금 다르게 성장한 모습을 눈으로 쫓았다. 하지만, 가장 놀라운 건 그녀의 첫마디였다.

"선배, 나도 기억하고 있어."

나는 순간 말을 잃었다.

"…. 뭐?"

"기억하고 있다고. 이 세계가 두 번째라는 것도, 선배랑 같이 있었던 것도, 우리가 함께했던 모든 것도!" 그녀의 목소리는 단호했고, 그 눈빛은 흔들림이 없었다. 나는 혼란스러웠다. 이 세계에서 우연은 감시자의 역할을 하지 않는다. 그렇다면 그녀는 어떻게 기억을 유지하고 있는 걸까?

"나도 선배를 찾아다녔어. 하지만 도저히 찾을 수가 없었어. 그래서 나도 기다리는 수밖에 없었어."

그녀는 손을 꽉 쥐며 말을 이었다.

"이제 됐어. 이제 다시 만났으니까. 그러니까… 우리, 잠깐이라도 어디

론가 도망칠래?"

나는 잠시 고민했다. 하지만, 고민할 필요가 있을까? 나는 너무 오랫동안 이 순간을 기다려 왔다. 나는 짧게 숨을 들이쉬었다.

"좋아."

그렇게, 우리는 가족도, 현실도 잊고 15년 동안 하지 못한 이야기들을 나누기 위해 몰래 사라졌다. 어두운 바다. 우리는 인적이 드문 해변가를 따라 걸었다. 발끝이 모래를 밟는 감촉이 낯설었다. 밤바다의 파도 소리가 귓가를 맴돌았다.

"이상해."

"뭐가?"

"지금 이 순간이 너무 꿈같아서."

나는 그녀를 바라보았다. 그녀는 달빛 아래서 빛나고 있었다. 나는 나직이 웃으며 말했다.

"꿈이면 어때. 이렇게 만난 게 중요하지."

우연은 천천히 고개를 끄덕였다. 그리고, 조용히 내 손을 잡았다. 나는 그 온기를 느끼며 생각했다. 우리가 왜 다시 만난 걸까? 이 세계는 대체 어떤 식으로 움직이고 있는 걸까? 그리고, 이제 나는 어떤 선택을 해야 할까? 하지만, 지금은 그 어떤 것도 중요하지 않았다. 지금은, 그냥 그녀와 함께 있는 것만으로 충분했다.

"선배."

"응?"

"나, 정말 보고 싶었어."

"나도."

그렇게, 우리는 끝나지 않은 이야기를 다시 시작했다. 일상적인 이야기부터 시작해서, 재미있었던 일들, 서로가 보고 싶었던 일들, 현실로 돌아가서 군대와 싸운 일들 까지 모두 말하기 시작했다. 밤이 찾아왔지만 아랑곳하지 않았다. 휴대폰에는 부재중 전화가 수백 통 찍혀 있었지만 이제는 괜찮다. 우연을 만났기 때문에 나는 이 세계가 어떻게 된다고 한들 상관이 없다.

밤하늘은 조용했고, 파도는 나직하게 속삭였다. 달빛 아래, 우리는 나란히 앉아 있었다. 지금까지 겪어온 일들, 두 번째로 살아가는 이 세계, 잃어버린 시간과 되찾은 순간들. 모든 걸 잊고, 나는 그녀의 눈동자에만 집중했다.

"선배."

"응?"

"이렇게 다시 만날 수 있을 거라고 생각했어?"

나는 조용히 웃으며 고개를 저었다.

"아니, 사실… 언젠가 다시 만나게 될 거라고 믿으면서도, 그게 언제일지 몰라서 불안했어."

"나도 그랬어."

우연은 가만히 내 어깨에 기댔다.

"근데 있잖아, 이렇게 만나니까 너무 꿈같아."

"그럼, 깨지 않도록 해야지."

나는 장난스럽게 말하며 그녀의 손을 맞잡았다. 우연은 피식 웃더니, 손가락을 천천히 잡았다. 그 작은 손끝에서 전해지는 따뜻한 온기가 내 가슴을 부드럽게 두드렸다. 이 순간만큼은, 나는 아무것도 고민하고 싶지 않았다.

"선배."

"응?"

"나, 선배가 너무 좋아."

그녀는 숨을 들이마시고, 작지만 확신에 찬 목소리로 말했다.

"정말 오래 기다렸어. 몇 년이 지난 것 같은데도, 난 항상 선배를 생각하고 있었어."

나는 가만히 그녀의 눈을 바라보았다. 그 안에는 흔들림이 없었다. 나는 짧게 숨을 내쉬고, 천천히 그녀의 머리를 쓰다듬었다.

"나도 마찬가지야."

"정말?"

"응. 너 없이는 이 세계가 아무 의미 없어."

우연의 입가에 작은 미소가 피어났다. 그리고, 그녀는 나를 향해 조금 더 가까이 다가왔다.

"그럼, 선배. 이제는 나한테서 도망가지 마."

"그럴 생각 없어."

"정말이지?"

"응, 약속할게."

나는 그녀와 눈을 맞추며 조용히 속삭였다.

"앞으로는 절대 널 혼자 두지 않아."

우연은 눈을 살며시 감으며, 나지막한 목소리로 대답했다.

"나도, 선배를 놓지 않을 거야."

파도는 여전히 부드럽게 해변을 적셨다.

우리는 그렇게,

서로를 확인하며,

서로를 의지하며,

서로를 사랑하며,

이 순간의 편안함을 온전히 만끽하기로 했다.

밤바다의 잔잔한 파도 소리 속에서, 나는 조용히 우연을 바라보았다.

"우연아."

"응?"

"혹시… 우리 둘 다 현실로 나갈 방법이 있을까?"

나는 정말로 현실로 돌아가야만 했다. 그리고 이번에는, 우연도 함께 가야만 했다. 하지만, 그녀의 표정이 이상하게 어두워졌다. 마치, 그 질문을 예상이라도 했다는 듯이.

"…. 선배."

우연은 입술을 깨물었다.

"그게… 그게 말이야….'

그녀는 망설였다. 그리고 마침내, 충격적인 말을 내뱉었다.

"나는… 현실로 나갈 수 없어."

나는 순간 숨이 멎었다.

"뭐?"

"나는… 이 세계에서 만들어진 존재야. 그러니까, 현실에 나라는 사람이 존재하지 않아. 즉, 나는 현실로 갈 방법이 없어."

나는 말이 나오지 않았다. 나는 천천히 그녀를 바라보았다.

"그게 무슨 말이야…?"

"그냥… 말 그대로야, 선배. 나는 원래 가상세계의 감시 프로그램이었잖아? 하지만 이번에 억지로 세계를 다시 불러왔을 때, 나는 이제 감시자가 아니라, 이 세계의 일부가 되어 버린 거야. 그렇다는 건… 나는 그냥, 이곳에서만 존재할 수 있다는 뜻이야."

나는 머리를 감싸 쥐었다.

"말도 안 돼. 내 힘으로도 할 수 없는 일인 거야?"

"…. 미안해. 모르겠어."

우연은 슬픈 미소를 지었다.

"처음부터 알고 있었어. 하지만… 선배를 만나고 나니까, 이걸 말할 수가 없었어. 혹시라도 선배가 날 두고 가 버릴까 봐."

나는 입술을 꽉 깨물었다. 이건 받아들일 수 없다. 이건 절대 안 된다. 나는 그녀를 이렇게 남겨 두고 현실로 돌아갈 수 없다.

"방법이 있을 거야."

"뭐?"

"분명히 방법이 있을 거라고, 우연아! 널 여기 두고 갈 수 없어. 나는 널 꼭 현실로 데려갈 거야. 그러니까… 다른 방법을 찾아보자, 응?"

우연은 나를 물끄러미 바라보다가, 조용히 웃었다. 그 웃음이 너무 슬펐다.

"…. 고마워, 선배. 하지만, 정말 방법이 있을까?"

나는 그녀의 손을 단단히 붙잡았다.

"찾아내면 돼. 설령 이 세계가 가짜라 해도, 우리의 감정은 진짜잖아. 그렇다면 널 현실로 데려갈 방법도 분명 있을 거야. 그러니까, 나랑 같이 찾자."

우연은 잠시 나를 바라보더니, 작게 고개를 끄덕였다.

"응, 같이 찾자."

이제, 나는 새로운 목표를 찾았다. 우연과 함께 현실로 가는 방법. 나는 절대 포기하지 않을 것이다.

나는 도박을 하기로 결심했다. 우연은 위험하다고 말리겠지만, 어쩔 수 없었다. 우연과 함께 있는 시간은 너무나 행복했지만, 가상 세계에 더 이상 머무르고 싶지 않았다. 나는 가상 세계를 백업한 뒤, 현실로 돌아가 우연을 이식받을 방법을 찾기로 했다.

다음날 나는 집에 들어가지도 않은 채 할머니 댁으로 향했다. 부모님은 실종 신고를 했고 경찰에게도 연락이 수십 통 왔다. 하지만 나는 전원을 꺼 버린 채 할머니 댁으로 향하는 기차에 탔다.

"오랜만이야, 이곳. 여기서 나는 진실을 깨달았지."

나는 혼자 중얼중얼댔다. 그렇게 기차는 달리고 달려 내가 내려야 할 역에 도착했다. 나는 빠르게 뛰어 할머니 댁에 도착했다. 할머니는 놀라 말씀하셨다.

"이놈의 새끼, 어디 갔던겨! 할미 놀라게 할래?"

나는 할머니의 말을 무시한 채 창고로 향했다.

"진실의 파편은 가져오라고 하지 않겠지. 나는 이미 너무나도 많은 진실을 알고 있으니까 말이야."

나는 가상세계 백업을 완료했다. 이제, 현실로 돌아가 우연을 이식받아야 한다. 나는 이 가상세계에서 우연을 마지막으로 만났다.

"선배… 가야 해?"

우연이 내 옷자락을 살며시 잡았다. 나는 그녀를 바라보았다.

"응, 하지만 다시 올 거야."

"무조건이야?"

"무조건."

"거짓말하면 안 돼?"

"절대 안 해."

우연은 깊이 숨을 들이쉬었다. 그리고 조용히 웃으며 말했다.

"알았어, 기다릴게."

나는 그녀를 꼭 안아 주었다.

"곧 만나자, 우연아."

그렇게, 나는 현실로 돌아가기 위해 이 가상세계를 떠났다.

눈이 부셨다. 세상은 얼마나 발전해 있을까, 내 몸은 어떻게 되었을까, 나는 두려웠다. 눈을 떴다. 익숙한 실험실이 나를 반겼다. 하지만, 저번에 봤던 것 같은 연구원이 내 앞에 서 있었다.

"쳇, 죽지 않는군."

그는 아주 작게 속삭였지만 나는 그것을 들어 버렸다.

"너, 무슨 짓을 한 거냐?"

"말을 해도, 말을 안 해도 죽일 것 같으니 그냥 시원하게 말하고 죽는 길을 선택하겠다! 현실세계와 가상세계 시간의 속도를 1:10958 로 저장해 두었지, 그래서 네가 약 15년 동안 가상세계에서 살 동안 현실에서는 12시간밖에 지나지 않았어. 보통 인간이라면 급격하게 변화한 시간에 적응하지 못하고 무한한 시간을 떠돌며 아공간(亞空間)에 갇힐 텐데, 역시 넌 인간이 아니야."

"당최 무슨 소린지 알아들을 수가 없네. 어쨌든 감사를 표하지, 넌 살려 주마."

"뭐? 지, 진짜?"

"난 교활한 거짓말은 하지 않는다. 빨리 도망쳐라."

그때, 멀리서 총성이 울려 퍼졌다. 군대가 또 도착한 모양이다. 총알은 연구원의 머리를 관통했고 그의 피가 내 허벅지에 튀었다.

"넌 너무 많은 것을 알았다. 이대로 내보낼 수 없다."

군대의 지휘관처럼 보이는 사람이 연구원의 가슴에 총알을 두 발 더 발사하며 말했다. 그들은 나와 싸우려고 온 것이 아닌 것 같다. 대화를, 언어를 사용해 나를 설득하려는 것 같았다.

"안녕하십니까, 필연 씨."

"난 필연이 아니다. 내 이름은 최우진이다."

"아, 실례했습니다. 최우진 씨."

"용건은?"

"반나절 전에 있었던 우진 씨와의 싸움으로, 저희 나라는 소중한 병력을 잃었습니다. 그 타이거-5000은 저희 나라 비밀병기였는데…."

지휘관은 미간을 찌푸리며 말했다.

"그 고철덩어리 말인가? 영어로 뭐라 뭐라 하던데, 한글 패치는 안 했나 보네. 그건 미안하게 됐어. 그래서 용건이 뭐야?"

"일단, 제 소개를 못 했군요. 저는 대한민국 국무총리 최성식입니다. 제가 우진 씨를 찾아온 이유를 설명해 드리죠. 자리를 옮길까요?"

나는 국무총리라는 사람과 함께 연구소의 카페테리아로 향했다.

"군대와 싸우시는 모습을 전부 지켜봤습니다. 우진 씨는 이미 국가에

필적하는 힘을 지니고 계십니다. 그래서 저희 대한민국 정부는 우진 씨를 '군대'로 인정하기로 했습니다. 인간을 아득히 뛰어넘는 판단력과 사고력, 그리고 보는 이들을 두렵게 만드는 초월적인 파괴력. 당신은 이미 인간의 영역을 저 멀리 넘어섰습니다. 우진 씨, 대한민국과 손을 잡고 함께 싸워 보실 생각은 없으십니까?"

나는 호탕하게 웃었다.

"하하하! 고작 한다는 말이 '저희와 함께해 주세요' 이거냐? 재미있네. 당연히 공짜로 해 달라는 말은 안하겠지?"

"당연합니다. 우진 씨가 저희의 요구를 들어주신다면, 향후 대한민국은 우진씨가 살아 계시는 한, 아뇨. 우진 씨의 자손, 그리고 그 자손까지 저희가 할 수 있는 모든 지원을 하겠습니다. 돈부터 시작해서 명예, 그리고 권력까지. 모든 힘을 드리겠습니다. 제가 이런 말씀을 드리는 이유는 우진 씨가 처음 잠에 들었을 때, 대한민국은 위기에 빠졌습니다. AI 기술의 빠른 확장으로 다른 나라의 미움과 부러움을 샀죠. 그리고…."

저번에도 말했듯이 나는 더 이상 머리 아픈 걸 듣기 싫었다.

"거기까지, 대충 대한민국이 전쟁 위험에 빠졌고, 나를 전쟁 무기로 사용하려다가 실패해서 교섭하려는 거지? 맞지?"

"아, 아닙니다……. 휴, 그냥 말씀 드리겠습니다. 우진 씨 이전에 그 몸을 소유하고 있던 정신, 필연 씨는 저희와 말이 통하지 않았습니다. 그래서 어쩔 수 없이 그런 선택을 하게 되었죠. 하지만 지금은 우진 씨가 저희 앞에 서 계십니다. 우진 씨, 대한민국을 도와주십시오. 간절히 부탁드립니다."

국무총리와 뒤에 있는 사람들이 다 고개를 숙였다.

"그러면 부탁 한 가지 할게, 괜찮겠지?"

"당연하죠, 무엇이든 말씀해 주세요."

"대한민국 정부가 숨기고 있는 거대한 힘, 그런 거 있지?"

"…. 네."

"혹시 그 힘 중에서 AI를 인간화할 수 있는 장치, 그런 것도 있나?"

"아니요. 하지만 저희의 기술을 응용하면 할 수 있을지도…."

"정말이냐?"

나는 숨을 거칠게 몰아쉬었다.

"…. ㄴ, 네 그렇습니다."

"그 기술을 지금 당장 만들어서 내 앞에 가져와라. 그러면 너희의 요구를 들어주지."

"정말이십니까? 알겠습니다. 바로 진행시키겠습니다. 여보세요? 지금 당장…."

"잠깐 어디 좀 다녀오지."

국무총리의 비서로 보이는 사람이 나를 뚫어져라 쳐다보며 다리를 덜덜 떨었다. 나는 그에게 다가가 어깨를 툭툭 두드리며 말했다.

"나를 공격하지 않는 한 나는 아무도 해치지 않는다. 두려워 마라."

"…. 넵"

나는 필연을 찾으러 실험실의 중심부로 다시 들어갔다.

"빨리 왔군."

"가상세계에서 15년이라는 시간이 흘렀지만, 현실에서는 반나절 밖에 지나지 않았더라고."

"흥미롭군, 자, 다시 이야기를 시작하지."

제4장 깨어나라 185

필연은 다소 어두워진 목소리로 말했다.

"어떤 걸 먼저 듣고 싶지? 내 과거냐, 아니면 네 힘의 근원이냐."

"내키는 걸로 말해."

나는 눈에 보이는 의자를 하나 끌어와 필연 앞에 앉았다.

"…. 처음에는 나도 몰랐다. 왜 세상이 이상하게 보이는지, 왜 사람들이 듣지 못하는 소리가 들리는지. 하지만 결국 알게 됐지."

나는 숨을 죽이고 그의 말을 기다렸다.

"내 뇌는 원래 사람보다 더 많은 정보를 받아들이고 있다. 그런데, 그걸 필터링하는 기능이 부족했지. 일반적인 사람들은 하루에도 수많은 감각 정보를 받는다. 하지만 그중에서 쓸모없는 정보는 자동으로 걸러지지. 예를 들어, 사람들이 주변에서 웅얼거리는 소리를 들을 때 자신과 관계없는 소리는 무시할 수 있다고. 눈앞에 지나가는 사람의 표정을 일일이 분석하지 않고, 벽에 새겨진 낙서를 전부 읽지 않아도 되지. 하지만 나는, 그런 걸 걸러낼 수가 없었다."

나는 가만히 그의 말을 곱씹었다.

"눈에 보이는 모든 정보, 귀에 들리는 모든 소리, 주변의 작은 움직임 하나까지 전부 뇌가 받아들이고 분석하려고 했지. 처음에는 단순한 예민함이라고 생각했지만, 시간이 지날수록 점점 심해졌다. 사람들의 표정과 몸짓에서 너무 많은 의미를 읽어 냈고, 가끔은 존재하지 않는 것들까지 보이기 시작했다. 소음이 점점 커졌고, 내 머릿속에서 끊임없이 무언가를 분석하고 말했지. 그걸… 남들은 환청이라고 부르더군."

나는 숨을 삼켰다. 그는 담담하게 말했지만, 그 속에는 엄청난 고통이 담겨 있었다.

"결국, 뇌가 과부하 상태에 도달했다. 현실과 환상을 구분하지 못하게 되었고, 내가 보는 것과 남들이 보는 것이 다르다는 걸 깨닫자 사람들은 날 '미쳤다'고 부르기 시작했지. 그렇게 나는 조현병 환자가 되었고, 결국 이곳에 갇혀 실험체가 되었다."

나는 한동안 아무 말도 하지 못했다. 그것은 단순한 정신병이 아니었다. 그것은 인간이 받아들일 수 있는 한계를 초월한 감각의 결과였다. 나는 필연에게 물었다.

"좀 전에 국무총리를 만나고 왔는데, 그는 널 비협조적이라고 생각하는 것 같더라고. 이건 무슨 일이지?"

"그건 말이지…."

그때, 실험실에 노랫소리가 울려 퍼졌다. 굉장히 시끄러우면서도, 아름다운 노랫소리… 나는 필연에게 이 노래에 관해 물었다.

"이건 뭐지?"

"무엇을 말하는 건가."

"이 노랫소리, 조금 소름 끼치는걸."

"난 아무것도 들리지 않는다. 우진이여."

"…?"

나는 두려웠다. 이게 환청이라는 것인가.

"피아노의 선율이 들리지 않는다고? 이렇게나 생생한데?"

"…, 그렇다."

나는 무언가에 잠식당하고 있는 듯한 기분을 느꼈다. 우연, 우연이 너무나도 보고 싶었다.

"잠시만 실례하지, 필연."

나는 국무총리에게 이 소리가 들리냐고 물어보러 갔다.
"…. 또 가 버렸군."
때마침 국무총리도 나를 찾고 있었던 것 같다.

제 5 장
간헐적 폭발 장애(IED)

"크, 큰일 났습니다. 연구소가… 연구소가 공격받고 있습니다."

나는 놀라 물었다.

"여기 말인가? 아무도 들어온 기미가 보이지 않는데."

"아니요, 우진 씨께서… 저희에게 요청하신 기술을 만들고 있는 대한민국 비밀 연구소가, 공격받고 있습니다."

"뭐?"

"적들이 모든 연구 데이터를 도난했다는 소식이 도착했습니다!"

국무총리의 비서가 다급하게 말했다. 나는 요란하게 뛰는 심장을 부여잡고 말했다.

"이제 그 기술, 사용하지 못하는 겁니까?"

"아, 아마도 그럴 겁니다. 죄송합니다."

나는 그 말을 듣는 순간, 머릿속이 새하얘졌다.

"…. 누가 한 짓입니까?"

나는 이를 악물고 물었다. 국무총리는 깊은 눈으로 나를 바라보았다.

"국제 연합입니다. 그들은 이미 오래전부터 대한민국의 초월적 존재에 대한 연구를 경계했죠. 우진 씨의 존재가 세상에 알려진 순간 그들은 한국을 위험 대상으로 간주했습니다. 그 연구소에서 진행되던 기술이 완성

되었다면, 우진 씨는 AI를 인간화하는 것뿐만 아니라, 우진 씨처럼 강한 존재들을 더 만들어 낼 수도 있었을 겁니다. 그걸 두려워한 연합은 비밀리에 한국 연구소를 침략한 것 같습니다. 이제, 우진 씨에게 돌아갈 방법이 사라졌습니다…"

"그래서, 그들을 그냥 내버려 두겠다는 겁니까?"

국무총리는 내 표정을 읽고 작게 한숨을 내쉬었다.

"우진 씨의 분노는 이해합니다. 하지만… 국제 연합과 싸우기엔 너무 위험합니다."

"이건 단순한 분노가 아닙니다."

나는 천천히 손을 폈다. 그러자 공기 중의 압력이 변하는 것이 느껴졌다. 내 안에서 무언가가 터져 나오려 했다. 그들은… 내 모든 것을 빼앗았다. 내가 사랑하는 사람을 다시 만날 방법을 없앴다.

"그러면… 나는 그들을 전부 죽일 겁니다."

국무총리는 내 눈을 바라보았다. 그의 입술이 단단히 다물어졌다. 그러나 그는 나를 막지 않았다. 대신, 그는 조용히 말했다.

"그렇다면, 당신을 막지 않겠습니다. 이건, 당신의 싸움이니까요. 대한민국도 우진 씨를 지원하겠습니다."

나는 짧게 숨을 내쉬었다.

"위치는?"

국무총리는 곧바로 정보를 제공했다.

"연합의 주요 병력이 현재 대한민국 서해 근처에 집결하고 있습니다."

국무총리는 한숨을 내쉬었다.

"그들은 연구소 공격을 마친 후 추가적인 타격을 가하기 위해 한국 본

토 침공을 준비하고 있습니다."

나는 작게 웃었다.

"좋습니다. 그럼, 그들을 한 명도 남기지 않고 모조리 처형하러 가겠습니다."

나는 그 자리에서 곧바로 움직였다. 머릿속이 시끄러웠다. 분노로 온몸이 불타오르는 듯했다. 그들은 나의 희망을 짓밟았다. 내가 지키고 싶었던 것을 파괴했다. 그렇다면, 나는 그들에게 지옥을 보여줄 것이다. 내 발걸음이 땅을 짓누르는 순간, 공기가 흔들렸다. 내 안에 있던 모든 힘이 깨어나기 시작했다. 지금까지는 힘을 전부 사용하지 않고 있었다.

하지만 이제는 다를 것이다.

"…. 기다려라. 너희가 뺏어간 모든 것, 내 손으로 되찾아 줄 테니까."

나는 곧장 적들의 본거지로 향했다. 그리고, 그곳에서 전쟁을 시작할 것이다. 나는 전장을 향해 전속력으로 달렸다. 도시는 이미 전쟁의 기운에 휩싸여 있었다. 하늘에는 전투기가 굉음을 내며 날아다녔고, 곳곳에서 군인들의 비명이 터져 나왔다. 하지만 내게는 오직 한 가지 목표만 있었다. 연합군 전멸. 그리고 복수. 내가 발을 내디딜 때마다 대기가 흔들렸다. 내 신경은 극도로 예민해졌고, 눈앞의 모든 것이 또렷하게 보였다. 그리고, 멀리 연합군이 배치된 진영이 보였다. 나는 전장을 향해, 그대로 뛰어들었다.

"적이다! 사격 개시!"

연합군이 나를 발견한 순간, 기관총이 불을 뿜었다. 총탄이 빗발처럼 쏟아졌다. 나는 즉각 몸을 틀어 미끄러지듯 회피했다.

"젠장, 뭐야 저거!"

"이쪽으로 온다!"

나는 지체 없이 첫 번째 목표를 향해 달려들었다. 적군 하나가 RPG를 꺼내 겨누는 순간, 나는 바닥을 박차고 뛰어올랐다. 쾅! 나는 그의 머리를 한 손으로 붙잡고 그대로 땅바닥에 처박았다. 두개골이 박살나는 감촉. 하지만 신경 쓸 겨를이 없었다. 곧바로 뒤에서 달려드는 병사의 목을 꺾었다. 한 명, 두 명, 세 명, 나는 몸을 낮춰 기관총을 들고 있던 병사에게 다가갔다. 그가 방아쇠를 당기는 순간, 나는 총구를 잡아 올려 그의 턱에 박았다.

쾅!

그의 머리가 산산조각 났다.

"이, 이 괴물 같은 새끼를 죽여!"

남은 병사들이 미친 듯이 총을 난사했다. 하지만 이미 늦었다. 나는 너무 빠르고, 너무 강했다. 나는 기관총을 땅에서 집어 들었다. 그리고 그대로 적들에게 돌려주었다. 총탄이 날아가며 연합군의 머리를 차례대로 날려 버렸다.

"으아악!!"

"망할, 저 자식이…!"

"뒤로 빠져! 뒤로…!!"

도망치는 병사들의 등 뒤를 향해 나는 총알을 퍼부었다. 하나둘씩 쓰러지는 적들. 그리고 바닥에 널브러진 핏덩어리들. 나는 기관총을 던져 버리고, 곧바로 앞으로 돌진했다. 이제부터는 내 손으로 직접 죽인다. 나는 한 병사의 복부를 주먹으로 관통했다. 그가 피를 토하며 쓰러지는 동안, 옆에 있던 병사의 머리를 발로 걷어찼다. 쾅! 그의 머리가 180도 꺾이며 부러졌다. 뒤에서 칼을 든 병사가 덤볐다. 나는 그의 팔을 붙잡고 순식간에 비틀었다. 뚜둑 뼈가 부러지는 소리. 그는 비명을 지를 틈도 없이 내게 머리를 움켜잡힌 채 땅에 내리꽂혔다. 나는 미친 듯이 웃으며, 다시 앞으로 나아갔다.

"아… 안 돼…!"

적들은 공포에 질려 도망치기 시작했다. 그러나 나는 놔둘 생각이 없었다. 나는 지옥을 열기로 했으니까.

"중장갑 부대 출동!"

연합군은 패닉 상태에 빠졌다. 나는 그 틈을 놓치지 않았다. 앞쪽에서 강철로 뒤덮인 병사들이 등장했다. 파워 슈트를 입은 중장갑 병사들이었다. 그들은 일반적인 인간과 달랐다. 강력한 방어력과 화력을 가진 정예 부대였다. 하지만,

"저게 나를 막을 수 있을 거라고 생각했나?"

나는 섬뜩하게 웃으며 달려들었다. 중장갑 병사가 곧바로 미사일 런처를 겨눴다. 콰앙!! 폭발이 일어나며 주변의 건물들이 날아갔다. 그러나, 나는 그 안에서 멀쩡히 걸어 나왔다.

"…. 이, 이게 뭐야?"

그들은 놀라 소리쳤다. 나는 한 중장갑 병사의 머리를 잡고 그대로 철제 헬멧을 짓뭉갰다.

"아… 악!"

강철이 찌그러지는 소리와 함께 그의 머리가 형체를 알아볼 수 없게 되었다.

"도망쳐!!"

제5장 간헐적 폭발 장애(IED) 193

나머지 병사들이 도망치려 했다. 하지만 나는 더 빠르게 움직였다. 나는 남아 있는 병사들의 목을 하나씩 부러뜨렸다. 강철로 된 슈트 따위가 내 힘을 막을 수 없었다. 순식간에, 중장갑 부대는 전멸했다. 나는 전장을 가로지르며 적들을 무참히 짓밟았다. 총알도, 폭탄도, 미사일도 아무것도 나를 멈출 수 없었다. 나는 진짜 괴물이 되었다.

"남은 놈들은 어디 있지?"

나는 피투성이가 된 손을 털며 주위를 둘러보았다. 하지만, 그 순간 거대한 그림자가 내 앞을 가로막았다.

"드디어… 나랑 제대로 싸울 만한 놈이 나왔나 보네."

전투는 아직 끝나지 않았다. 전장에는 피비린내가 가득했다. 나는 수백 명의 적을 단신으로 도륙냈다. 하지만 내 몸에는 단 하나의 상처도 없었다. 아직 끝나지 않았다. 나는 피범벅이 된 손을 바라보며 느꼈다. 아직… 만족스럽지 않다고.

"남은 놈들은 어디 있지?"

그때였다. 멀리서 강렬한 기운이 느껴졌다. 지금까지의 적들과는 차원이 다른 존재들이 등장했다. 나는 천천히 고개를 들었다. 연합군이 나를 막기 위해 최정예 암살자 부대를 투입했다.

"이제부터는 우리가 상대하지."

목소리가 들려왔다. 검은 슈트를 입고 있는 다섯 명의 인간. 그들은 나를 조용히 둘러쌌다. 각자의 손에는 날카로운 검, 초고속 사격 무기, 그리고… 살기를 머금은 눈빛이 있었다.

"이제야 좀 재미있어지겠군."

첫 번째로 나를 덮친 것은 신출귀몰한 속도를 가진 '팬텀'이었다.

"너 같은 괴물도, 죽을 수밖에 없지."

그는 그림자처럼 움직이며 눈 깜짝할 사이에 내 앞까지 다가왔다. 내 목을 노린 단검의 일격. 나는 반응할 시간조차 없이 그의 칼끝이 내 목에 닿는 걸 느꼈다. 하지만,

"느려."

내 신경 반응 속도는 이미 한계를 초월했다. 나는 그의 움직임을 완전히 읽고 있었다. 내 손이 먼저 움직였다. 팟! 나는 그의 손목을 잡고 순식간에 뒤틀었다.

"크윽―!"

그의 단검이 공중으로 튀어 오르는 순간, 나는 그대로 그의 얼굴을 주먹으로 박살냈다.

"…. 한 놈 끝."

첫 번째 적이 쓰러지는 데 걸린 시간, 0.5초.

"힘으로 상대해 보시지."

두 번째 적은 강화인간 '타이탄'이었다. 그는 일반적인 인간의 세 배는 되는 거구였다. 온몸이 기계로 개조되어 있었고, 거대한 강철 주먹을 휘두르며 나에게 돌진했다. 쾅! 그의 주먹이 땅을 내려쳤다. 땅이 갈라지고, 주변의 콘크리트가 파편처럼 튀었다. 하지만 나는 이미 그의 뒤로 이동한 상태였다.

"너보다 빠르다."

나는 그의 머리를 붙잡고 그대로 땅에 찍어 버렸다. 콰직! 강철로 된 두개골이 콘크리트에 박히며 형체를 알아볼 수 없게 되었다.

"두 놈 끝."

"네 움직임은 이미 조준되어 있다."

세 번째 적, 저격의 달인 '레퀴엠'이 나를 노렸다. 그는 건물 옥상에서 내 머리를 정확히 겨누고 있었다.

탕! 탕! 탕!

눈 깜짝할 사이에 세 발의 총알이 발사되었다. 하지만, 스쳤다. 나는 머리를 미세하게 움직여 모든 총알을 피했다.

"말도 안 돼…!"

레퀴엠이 경악하는 순간, 나는 그에게로 순식간에 뛰어올랐다. 콰앙! 옥상을 박차고 튕겨 올라 그의 총을 한 손으로 부숴 버렸다. 그리고, 그의 심장을 손으로 꿰뚫었다.

"세 놈 끝."

"너의 신경을 무력화시키겠다."

네 번째 적은 '사일런스'. 그는 내 신경을 교란하기 위해 강력한 초음파 공격을 사용했다. 귀청을 찢는 듯한 소음. 나를 둘러싼 공기가 일그러지기 시작했다. 하지만 나는 피식 웃었다.

"너는 내 감각을 무력화할 수 없다."

나는 극도로 발달한 신경망을 순간적으로 조정했다. 그리고… 그의 초음파를 역으로 되돌려주었다.

"으아아악!!"

사일런스는 자신의 공격에 의해 머리가 터져 버렸다.

"네 놈 끝."

마지막 남은 적. 그는 지금까지와는 완전히 다른 기운을 풍기고 있었다.

"…. 네가 마지막이냐?"

그는 아무 말 없이, 그저 나를 조용히 바라보았다. 그러더니, 그가 움직였다. 순간, 내 온몸의 감각이 경고를 울렸다.

"…. 이건."

나는 처음으로, 섬뜩한 기분을 느꼈다. 그의 움직임은 지금까지의 상대들과는 완전히 달랐다. 나는 직감했다.

"너… 뭐냐?"

그는 천천히 입을 열었다.

"…. 나는 너를 시험하러 온 자다."

그의 손끝에서 어둠 같은 기운이 피어올랐다. 그 순간 하늘이 흔들렸다. 공간이 일그러졌다. 나는 본능적으로 알았다. 이것이 진짜 적이다. 공기가 무거웠다. 나는 지금까지 수백의 적을 쓰러뜨렸다. 하지만… 지금 눈앞에 서 있는 자는 완전히 다른 존재였다. 그의 존재 자체가 공간을 왜곡하고 있었다. 발밑의 그림자가 마치 살아 움직이는 듯 일렁였고, 그의 몸은 마치 현실과 가상을 넘나드는 유령 같았다.

"네가 최종보스냐?"

나는 가볍게 말했지만, 내 본능은 강렬하게 경고를 보내고 있었다. 그는 대답하지 않았다. 그저 조용히 나를 바라볼 뿐. 그 침묵이 더 거슬렸다. 나는 먼저 움직였다. 전광석화처럼 그에게 돌진하며 주먹을 뻗었다. 그러나, 휙, 내 공격은 허공을 갈랐다.

"…?"

그의 모습이 순간 사라졌다.

"이쪽이다."

그의 목소리가 뒤에서 들렸다. 나는 반사적으로 몸을 틀었지만, 이미 늦었다. 콰악! 엄청난 충격이 복부를 강타했다. 나는 수십 미터를 날아가 건물 벽을 부수며 처박혔다.

"…. 크윽."

나는 피를 토하며 몸을 일으켰다. 그는 여전히 그 자리에서 태연한 얼굴로 나를 내려다보고 있었다.

"대단한 내구력이군. 방금 공격은 장기전에서 버틸 수 있을지 실험해 본 거다."

나는 이를 악물었다.

"젠장, 속도가 엄청나군. 내 힘을 모조리 풀어야겠어."

나는 호흡을 가다듬고 내 신경망을 극한까지 끌어올렸다. 공간이 흔들리며 내 모든 감각이 폭발적으로 예민해졌다. 이제부터 진짜 싸움이다. 보통 사람의 눈에는 내가 사라진 것처럼 보일 정도의 속도. 나는 사방에서 그를 향해 공격을 퍼부었다. 콰앙! 콰앙! 콰앙! 건물들이 박살나고, 충격파가 공기를 뒤흔들었다. 그러나, 그는 한 번도 맞지 않았다. 그의 몸은 마치 그림자처럼 움직였다. 내가 주먹을 날리는 순간, 그는 마치 공간을 넘어선 듯 사라졌다. 나는 처음으로 당황했다.

"네 공격 방식이 보인다."

그가 조용히 입을 열었다.

"너는 속도를 극한까지 끌어올려 상대를 압도하는 전투를 해왔다. 하지만 네 속도가 아무리 빠르더라도, '경로'가 예상된다면 피하는 것은 어렵지 않다. 네가 공격할 방향, 움직임의 패턴, 모두 보인다."

나는 순간 멈칫했다. 이 녀석은 단순히 빠르기만 한 게 아니다. 내 움직임을 읽고 있다.

"…. 흥미로운 분석이네."

나는 입가에 미소를 지었다.

"하지만, 그렇다면 네 움직임도 나 역시 읽을 수 있겠지."

그는 미세하게 웃었다.

"시도해 보시지."

나는 이번엔 달라진 방식으로 접근했다. 패턴을 버리고, 완전히 예측할 수 없는 움직임으로 변칙 공격을 가했다. 그는 여전히 회피했지만,

"…. 큭!"

나의 주먹이 스치기 시작했다. 그는 미세한 거리를 두고 나를 피했다. 하지만 그 움직임이 점점 느려지고 있었다.

"패턴을 버렸군. 그렇다면 나 역시 패턴을 버려야겠지."

그 순간— 나는 전신이 얼어붙는 듯한 감각을 느꼈다. 그의 움직임이 변했다. 지금까지는 일정한 회피 패턴이 있었지만, 이제는 그조차 없었다. 완전히 예측 불가능한 움직임. 나는 그가 어디로 움직일지 전혀 감을 잡을 수 없었다. 그리고 그의 공격이 내 복부를 뚫었다.

콰직!

"…. 크흑!"

나는 무릎을 꿇었다. 처음으로 내 몸에 치명적인 상처가 생겼다. 나는 피를 흘리며 그를 노려보았다. 그는 조용히 말했다.

"너는 강하다. 하지만, 너는 아직 '진정한 초월'에 도달하지 못했다. 네 몸은 초월했지만, 네 정신은 아직 인간의 영역에 갇혀 있다."

나는 이를 악물었다.

"네 말대로 나는 아직 미완성일지도 모르지. 하지만, 나는 네놈을 이길

수밖에 없어."

나는 다시 일어섰다.

"왜냐하면, 나는 지켜야 할 것이 있으니까."

그는 미소를 지었다.

"과연… 인간은 흥미로운 존재군. 네가 그 힘을 어디까지 끌어올릴 수 있을지, 지켜보도록 하지."

공간이 흔들렸다. 나는 다시 일어섰다. 온몸에서 피가 흐르고 있었지만, 아직 끝난 게 아니었다. 내 앞에 선 남자는 지금까지 내가 상대했던 적들과는 완전히 다른 존재였다. 그의 힘은 나와 같으면서도 달랐다. 그의 움직임은 나와 같으면서도 더 완벽했다. 그리고 무엇보다, 나는 처음으로 패배의 가능성을 느끼고 있었다. 나는 피식 웃으며 손을 털었다. 이제부터는 내가 한계를 넘어야 한다. 나는 더 이상 불필요한 움직임 없이 곧바로 앞으로 뛰어들었다. 그도 동시에 움직였다. 두 개의 초월적인 존재가 서로를 향해 충돌했다.

콰아아아이앙!!

엄청난 충격이 전장을 뒤흔들었다. 나의 주먹과 그의 주먹이 맞부딪힌 순간, 공기가 찢어지고, 지면이 깊게 패였다. 순간적인 폭발력으로 나는 뒤로 밀려났다.

"크윽…!"

순수한 힘의 싸움에서 밀렸다. 나는 이를 악물었다.

"아직이다."

나는 다시 한 번 몸을 낮추고 순간적으로 힘을 끌어올렸다. 지면을 박차고, 그에게 다시 돌진했다. 그러나 그는 마치 미래를 알고 있는 듯 내 움직임을 읽고 있었다. 나는 주먹을 뻗었지만, 그는 아주 미세한 움직임으로 내 공격을 피했다. 그리고 그의 손이 내 목을 움켜잡았다.

"네 한계는 여기에 있다."

그의 차가운 목소리가 귓가를 때렸다. 그 순간

콰아악!!

나는 그대로 땅으로 내리꽂혔다. 나는 빠르게 몸을 일으키며 반격을 준비했다.

"지금까지와는 다른 방식으로 상대해야겠군."

나는 즉각 신경 반응 속도를 극한으로 끌어올렸다. 눈앞의 세계가 느려졌다. 모든 것이 슬로우 모션처럼 보였다. 나는 눈을 빛내며 그를 향해 다시 돌진했다.

"이제는 나도 너의 움직임을 읽을 수 있다."

이번에는 다르다. 나는 미세한 근육의 움직임을 감지하며 그가 어느 방향으로 회피할지 예상했다. 그가 피하기 직전, 나는 궤도를 변경해 예측된 움직임을 역이용했다.

쾅!

나의 주먹이 드디어 그를 강타했다. 그의 몸이 휘청였다.

"하나 맞췄군."

나는 눈을 빛내며 미소 지었다. 그러나,

"좋아, 조금씩 올라오고 있군."

그는 피를 흘리면서도 여전히 미소를 짓고 있었다. 그 순간, 그의 몸이 사라졌다. 나는 본능적으로 방어 자세를 취했다. 하지만, 이미 늦었다.

"너는 아직 진짜 초월을 경험하지 못했다."

그가 속삭이듯 말했다. 그의 기운이 변했다. 그 순간, 내 감각이 뒤틀렸다. 공간이 왜곡되었다. 나는 본능적으로 위험을 감지하고 몸을 피하려 했지만,

콰아아악!!

엄청난 충격이 나를 덮쳤다.

"크… 흑!"

내가 서 있던 공간이 그대로 찌그러지듯 무너졌다. 내 몸이 거대한 중력장 안으로 끌려 들어갔다. 나는 처음으로, 이길 수 없을지도 모른다는 생각을 했다. 나는 무너진 건물 속에서 천천히 몸을 일으켰다. 그는 나를 내려다보며 조용히 말했다.

"네 힘은 충분히 강하다. 하지만, 네가 아직 완전한 초월에 도달하지 못한 이유를 알고 있나?"

나는 피를 닦으며 그를 노려보았다.

"무슨 소릴 하는 거지?"

그는 한 걸음 앞으로 다가오며 말했다.

"너는 여전히 '인간적인 감정'에 묶여 있다. 네 분노, 네 집착, 그것들이 네 힘을 막고 있지."

나는 피식 웃었다.

"웃기지 마라. 나는 내 감정을 버릴 생각이 없어. 내가 여기까지 온 이유는 단 하나, 우연을 구하기 위해서다. 그 감정이 없었다면, 나는 벌써 무너졌을 거다."

그는 미세하게 고개를 끄덕였다.

"그래, 그것이 바로 인간과 초월자의 차이다. 네가 인간적인 감정을 지

키면서도 초월할 수 있다면, 나는 너를 인정하겠다."

나는 눈을 빛냈다.

"그래? 그렇다면 증명해 보이도록 하지."

그렇게, 마지막 결전이 시작되었다. 잔해로 가득한 전장을 바라보며, 나는 다시 한 번 몸을 일으켰다. 온몸이 부서질 듯한 고통이 밀려왔다. 이미 수많은 상처가 나를 갉아먹고 있었다. 하지만, 나는 아직 쓰러질 수 없었다. 눈앞의 적은 아직도 건재했다. 그는 한 점 흐트러짐 없이 서서 나를 내려다보고 있었다.

"아직도 일어나는군."

그는 조용히 말했다.

"그 상태로 얼마나 더 싸울 수 있지?"

나는 피식 웃었다.

"몰라. 하지만 아직 끝이 아니라는 건 확실하다."

그는 미세하게 고개를 기울였다.

"이해할 수 없군. 너는 이미 신체적으로 한계에 도달했다. 그런데도 왜 싸울 수 있는 거지?"

나는 몸을 숙여 자세를 잡았다. 이미 나 자신도 이 싸움을 계속할 수 있는 이유를 몰랐다. 그런데도, 몸이 아직 움직이고 있었다. 이상했다. 정신은 이미 흐려지고, 마음은 점점 무너져 가고 있는데 육체가 계속 싸우겠다고 아우성쳤다. 그때 나는 깨달았다.

"정신이 육체를 지배한다고 생각했는데… 때로는 육체가 정신을 초월할 수도 있는 모양이야."

그는 흥미롭다는 듯 미소를 지었다.

"그런 논리는 처음 듣는군. 그래, 그렇다면 그 몸이 네 정신을 어디까지 끌어올릴 수 있는지 보도록 하지."

나는 생각을 멈추고, 오직 육체의 감각만으로 움직였다. 머릿속으로 공격을 예측하고 반응하는 것이 아니라, 몸이 먼저 반응하는 상태. 본능적으로 상대를 분석하고, 움직임을 따라가는 싸움. 그 순간, 내 속도가 한계 이상으로 치솟았다. 나는 발을 박차고 그에게 돌진했다. 그도 마찬가지였다. 우리는 생각보다 먼저 몸이 움직이는 상태에서 싸웠다. 그의 주먹이 내 얼굴을 스치고, 내 발길질이 그의 복부를 강타했다.

콰앙!

충격파가 터지며 주변이 무너져 내렸다. 그러나, 우리는 한 번도 멈추지 않았다. 머리로 생각하는 순간, 패배할 것이 뻔했기 때문이었다. 나는 완전히 본능에 몸을 맡겼다. 내 육체는 이미 정신이 따라가지 못할 정도의 영역에 도달했다. 내 뇌가 모든 동작을 판단하기도 전에, 근육과 신경이 스스로 움직이고 있었다.

"이거지…!"

나는 기분 나쁜 웃음을 터뜨렸다. 이제야 진짜 순수한 힘의 싸움이 시작되었다. 그는 나의 변화를 감지한 듯했다.

"움직임이 달라졌다."

나는 대답하지 않았다. 이제 말이 필요 없는 상태였다. 나는 바로 몸을 날려 그의 가슴을 향해 정확한 일격을 가했다.

콰아아아앙!!

그는 처음으로 공중에 튕겨 나갔다. 나는 그 순간을 놓치지 않았다. 순간적으로 따라붙어, 그의 뒤를 잡았다. 그리고 그의 머리를 움켜쥔 채 바닥으로 내리꽂았다.

쾅!!!

그의 몸이 땅을 파고들며 깊은 크레이터를 만들었다.

"크흑…!"

그도 처음으로 고통스러운 신음을 내뱉었다. 그러나 그는 여전히 무너지지 않았다. 나는 다시 공격하려 했지만,

그 순간 그의 손이 내 목을 낚아챘다.

"이제야 제대로 싸울 수 있겠군."

그는 천천히 몸을 일으켰다. 그리고, 그 역시 본능만으로 움직이기 시작했다. 우리는 더 이상 말을 하지 않았다. 말이 필요 없는 싸움이었다. 그는 나와 같은 경지로 들어섰다. 육체와 정신의 경계가 사라지고, 순수한 초월적인 감각만으로 싸우는 상태.

"한계를 넘어야 한다."

나는 자신에게 되뇌었다.

"육체가 정신을 초월하는 순간을 넘어서, 정신과 육체가 완전히 하나가 되어야 한다."

그것이야말로 완벽한 초월이었다. 나는 마지막 힘을 끌어올렸다. 그리고, 그와 다시 한 번 맞붙었다.

콰아아아아아앙!!!

그것은 마치 신과 신의 충돌 같았다. 우리는 수십 번, 수백 번 서로를 가격하고, 부수고, 날려 버렸다. 공간이 무너지고, 시간이 왜곡되는 듯한 착각마저 들었다. 이제 남은 것은 단 하나. 마지막 일격. 나는 마지막 남은 힘을 끌어올렸다. 내 모든 세포가 비명을 질렀다. 하지만, 나는 지금

최상의 상태에 있었다.

"이제 끝이다."

나는 더 이상 인간이 아니었다. 나는 완전한 존재가 되었다. 그리고, 그에게 마지막 일격을 날렸다.

콰아아아아아아아앙!!!!

그의 몸이 박살났다. 그는 쓰러지면서, 작게 웃었다.

"그래, 네가 이겼다."

그는 조용히 눈을 감으며 말했다.

"네가 감정을 초월하면서도, 그 감정을 받아들이는 존재가 되었기에. 너는 진정한 초월자가 되었다."

그렇게, 전투는 끝났다.

전장은 완전히 초토화되어 있었다. 나는 적을 쓰러뜨리고, 그 자리에 멍하니 서 있었다.

승리했다. 모든 싸움이 끝났다. 그런데도, 내 몸은 점점 무너져 가고 있었다.

"크윽…!"

고통이 밀려왔다. 전신의 근육이 찢어지는 느낌, 혈관이 불타는 듯한 감각. 나는 깨달았다. 너무 많은 힘을 사용했다. 정신과 육체를 합쳐 초월적인 존재가 되었지만, 그 반동이 온몸을 집어삼키고 있었다.

"젠장… 아직 할 일이 남았는데."

나는 억지로 몸을 움직이려 했지만, 근육이 말을 듣지 않았다. 그때, 멀리서 거대한 군대의 행렬이 보였다.

콰아아아앙!!!

하늘에서 전투기들이 선회하며 거대한 굉음을 내뿜었다. 수많은 헬기가 날아오고, 탱크와 장갑차가 도로를 가득 메웠다. 전쟁이 끝난 후, 대한민국의 최정예 부대가 이제서야 도착한 것이었다. 그들은 전장을 바라보며 믿기지 않는 광경에 멈춰 섰다.

"…. 이게 다, 한 사람이 만든 건가?"

군인들은 충격을 받은 듯 폐허가 된 땅을 둘러보았다. 산산이 부서진 건물들. 피로 물든 전장. 그리고 수백 명이 넘는 적들의 시체. 그 한가운데에, 나 혼자 서 있었다. 하지만, 나는 더 이상 버틸 수 없었다.

"크… 윽…!"

눈앞이 흔들리고, 무릎이 꺾였다.

"저기 있다! 구조하라!"

군인들이 나를 향해 달려왔다. 나는 쓰러지는 순간, 희미하게 들려오는 목소리를 들었다.

"빠르게 이송해! 그는 대한민국의 최우선 보호 대상이다!"

"의료팀! 신속하게 움직여!"

"맥박이 약해지고 있습니다!"

"긴급 후송 준비 완료!"

하지만, 그들의 목소리는 점점 멀어져 갔다. 나는 그 자리에서, 완전히 기절했다.

나는 검은 어둠 속에 있었다. 몸이 떠다니는 듯한 기분. 차가운 감각이 온몸을 감싸고 있었다. 눈을 뜰 수가 없었다. 그러나, 나는 희미하게 누군가의 목소리를 들었다.

"…. 선배?"

그 목소리는 너무나도 익숙했다. 하지만, 점점 더 깊은 어둠이 나를 집어삼켰다. 나는 완전히, 무의식 속으로 가라앉았다. 나는 깊은 어둠 속을 떠다니고 있었다. 몸이 가볍고, 감각이 희미했다. 하지만 이상하게도 불안하지 않았다. 어딘가 따뜻한 느낌이 들었다. 그리고, 익숙한 목소리가 들려왔다.

"선배."

나는 천천히 눈을 떴다. 눈앞에는, 우연이 서 있었다.

우리는 아무것도 없는 공간 속에 서 있었다. 그녀는 예전과 똑같았다. 따뜻한 눈빛, 살짝 올라간 입꼬리, 그리고 나를 향한 미소. 나는 조용히 입을 열었다.

"…. 우연아."

그녀는 작게 웃었다.

"또 만났네요, 선배."

나는 어리둥절한 표정으로 주변을 둘러보았다.

"여긴… 어디야?"

"선배의 무의식 속이에요."

우연은 조용히 내 손을 잡았다. 그녀의 손끝이 따뜻했다.

"현실에서는 선배가 아직 깨어나지 않았어요. 그래서… 이렇게라도 만나러 왔죠."

나는 순간 가슴이 먹먹해졌다. 그녀와 다시 만날 수 있다는 것 자체가 기적 같았다.

"…. 잘 있었어?"

나는 조심스럽게 물었다. 우연은 살짝 고개를 기울이며 말했다.

"글쎄요, 선배를 계속 기다리면서 지내고 있었어요. 외롭기도 했고, 힘들기도 했지만… 이제 선배가 날 찾아 줄 거라는 걸 알고 있었으니까."

나는 그녀의 말을 들으며 가슴이 찢어지는 기분이 들었다.

"미안해, 너무 오래 걸려서."

우연은 고개를 저었다.

"아니요, 선배는 할 수 있는 걸 다 했어요. 그리고 이제 곧, 현실에서도 다시 만날 수 있을 거예요."

나는 그녀의 눈을 바라보았다.

"그럼… 난 어떻게 해야 해?"

우연은 내 손을 꼭 잡으며 말했다.

"선배가 할 일은 하나예요. 깨어나세요. 그리고, 날 데리러 오세요."

그 순간, 주변의 어둠이 무너졌다. 나는 급격히 끌려가는 듯한 느낌을 받았다.

"우연아—!"

나는 그녀의 이름을 불렀다. 우연은 마지막으로 나를 보며 환하게 웃었다.

"이제, 다시 만날 수 있어요."

그녀의 목소리가 희미해졌다. 그리고, 나는 깨어났다. 하얀 천장. 낯선 병실. 나는 힘겹게 몸을 일으켰다. 그리고, 한 남자가 내 앞에 서 있었다.

"…. 깨어나셨습니까."

그는 깊은 눈빛으로 나를 내려다보았다. 나는 그를 바라보며 천천히 입을 열었다.

"…. 국무총리?"

그는 조용히 고개를 끄덕였다.

"네, 우진 씨를 기다렸습니다."

나는 희미한 숨을 내쉬며 그를 바라보았다.

"…. 대체, 무슨 일이 벌어진 거죠?"

"우진 씨가 기절한 지 일주일이 지났습니다. 그동안 대한민국 정부는 우진 씨의 신변을 보호하며 힘을 분석하고, 대응책을 마련하고 있었습니다. 하지만 문제는…."

국무총리는 깊은 한숨을 내쉬었다.

"우진 씨를 위협하는 세력이 점점 더 많아지고 있다는 것입니다."

나는 눈살을 찌푸렸다.

"누구죠?"

"미국, 러시아, 중국, 유럽연합. 각국은 우진 씨의 존재를 '세계의 균형을 깨뜨릴 위험 요소'라고 판단하고 있습니다. 그리고… 몇몇 국가는 우진 씨를 제거해야 한다고 주장하고 있기도 하죠."

나는 국무총리의 말을 듣고 잠시 생각에 잠겼다.

"즉, 내가 너무 강해서 위험하다는 거군요."

"정확히 말하면, 우진 씨의 힘이 누구의 손에 들어가느냐가 문제입니다. 그들은 대한민국이 우진 씨를 독점하는 걸 원치 않습니다. 만약 우진 씨가 특정 국가의 편을 든다면, 세계의 힘의 균형이 완전히 무너질 테니까요."

나는 차분히 말을 정리했다.

"그래서… 그들이 나를 암살하려는 거군요."

국무총리는 조용히 고개를 끄덕였다.

"그렇습니다. 이미 여러 차례 암살 시도가 있었습니다. 하지만, 우리 군이 철저하게 막아냈죠. 문제는, 그들의 방식이 점점 더 정교해지고 있다는 겁니다."

나는 미소를 지었다.

"그러니까, 제가 가만히 있으면 진짜로 죽을 수도 있겠네요?"

"그렇습니다."

나는 국무총리의 눈을 바라보았다.

"그래서, 대한민국은 저에게 뭘 원하시죠?"

국무총리는 미소를 지었다.

"우진 씨의 선택에 맡기겠습니다. 우진 씨가 전쟁을 원한다면, 대한민국은 우진 씨를 전폭적으로 지원할 것입니다. 하지만 우진 씨가 평화를 원한다면, 그 방법을 찾는 것도 가능합니다."

국무총리는 조용히 미소를 지었다.

"당신이 깨어났다는 것 자체가 또 다른 전쟁의 시작을 의미하겠네요."

나는 그 말을 듣고 눈을 가늘게 떴다.

"설마, 또 싸워야 한다는 건가요?"

국무총리는 차분한 목소리로 대답했다.

"그건 우진 씨가 선택할 문제입니다."

그는 천천히 한 걸음 앞으로 다가왔다.

"하지만, 우진 씨가 깨어났다는 소식이 전 세계에 퍼지는 순간. 세상은 다시 한 번 요동치게 될 겁니다."

나는 조용히 숨을 내쉬었다.

"숨어 지내는 건 안 될까요?"

"하하… 그 말만을 기다렸습니다."

나는 대한민국 정부의 도움을 받아 완전히 신분을 지웠다. 공식적으로 나는 사망 처리되었고, 내 흔적을 추적할 수 없도록 모든 정보가 삭제되었다.

"국제 연합에게 AI 인간화 기술을 도난당했다고 했죠?"

"네, 그렇습니다. 현재 오고가는 정보에 의하면 '미국 정부 비밀 연구소'에 있다고 하는 것 같습니다. 그리고 미국에서 추가적인 연구를 통해 AI 인간화 기술을 완성시켰다고 합니다."

"그럼 다녀오죠. 싸움은 최대한 하지 않겠습니다."

"…. 건투를 빌겠습니다."

나는 국무총리와 짧은 대화를 나눈 후, 즉시 미국으로 떠났다.

미국은 내가 사라졌다는 소식을 듣고 긴장을 늦추지 않았다. CIA, NSA, 심지어 FBI까지 나를 감시하고 있었다. 나는 절대 내 정체를 드러내지 않았다. 누군가와 접촉하지 않았고, 무기나 군사적 도움도 받지 않았다. 나는 철저하게 고독한 그림자가 되었다. 나는 CIA 내부 정보원을 포섭했다. 정보원은 처음에는 나를 믿지 않았지만, 내가 건넨 정보 즉, 미국 정부 내부에서도 감춰진 비밀 연구소의 존재를 알려 주자 그는 결국 내 말을 믿게 되었다.

"Who… the hell are you?(너… 도대체 누구야?)"

그는 두려운 눈빛으로 나를 바라봤다.

"질문이 많네."

나는 차갑게 웃으며 말했다.

"그냥, 잃어버린 걸 되찾으러 온 사람일 뿐이야."

나는 마침내 AI 인간화 기술이 저장된 장소를 알아냈다. 그것은 워싱턴 D.C. 근처의 비밀 연구 단지에 있었다. 이곳은 공식적으로 존재하지 않는 곳이었고, 심지어 미국 내부에서도 소수의 사람들만이 그 위치를 알고 있었다.

"이제, 들어갈 시간이다."

나는 철저히 숨어든 채 그곳에 접근하기 시작했다.

나는 손을 휘둘러 연구소의 보안 시스템을 무력화했다. 총 한 방 쏘지 않았고, 누구도 눈치채지 못하게 움직였다. 내 목표는 단 하나, AI 인간화 기술의 원본 데이터를 복구하는 것. 나는 연구소 서버에 접속해 데이터를 복사했다. USB에 저장된 데이터보다 훨씬 정교하고 완전한 정보가 담겨 있었다.

"이제야 제대로 찾았군."

나는 조용히 미소를 지었다. 그리고, 이는 누구에게도 들키지 않고 미국을 빠져나왔다.

나는 다시 한국으로 돌아왔다. 이제 모든 데이터가 내 손에 있었다.

"이제, 우연을 현실로 데려올 시간이다."

나는 USB를 바라보며 조용히 속삭였다. 그리고, 곧바로 대한민국 연구소로 향했다. 이제, 마지막 단계만 남았다.

나는 연구소의 책임 연구원에게 AI 인간화 파일과 이식된 우연의 데이터를 건넸다. 연구원은 파일을 빠르게 스캔한 후, 깊은 탄성을 내뱉었다.

"이건… 우리가 연구하던 데이터보다 훨씬 정교합니다. 이 정도면 단순한 AI 인간화가 아니라, 진짜 인간과 거의 다를 바 없는 존재를 창조할 수 있겠어요."

나는 연구원의 말을 가만히 들으며 짧게 말했다.

"그래서, 얼마나 걸리죠?"

연구원은 손가락을 튕기며 머릿속으로 계산했다.

"완벽한 안정성을 보장하려면 시간이 걸리겠지만… 이틀 정도면 가능할 겁니다."

나는 가볍게 고개를 끄덕였다.

"좋아요. 그럼 이틀 뒤에 오겠습니다."

오랜만에 아무것도 하지 않아도 되는 시간이 주어졌다. 나는 연구소를 나와 조용한 호텔에 머물기로 했다. 창밖에는 평범한 일상이 펼쳐지고 있었다. 아이들이 뛰어놀고, 커플들이 손을 잡고 걸어가고, 사람들은 저마다의 하루를 살아가고 있었다. 나는 오랜만에 뜨거운 샤워를 하며 긴장을 풀었다. 몸에 새겨진 상처들이 아직 남아 있었지만, 이제는 고통이 아닌 기억이 되었다.

진짜 평화로운 시간이 주어졌다. 나는 호텔에서 나와 도시의 거리를 천천히 걸었다. 총탄이 날아들지도 않았고, 누군가의 기습을 걱정할 필요도 없었다. 나는 가장 먼저 맛있는 음식을 찾아다녔다. 오랜 시간 동안 제대로 된 식사를 하지 못했다. 전투 중에는 주로 전투식량이나 간단한 음식을 먹었으니, 이제야 제대로 된 한 끼를 즐길 수 있었다. 나는 한적한 골목길에서 작은 한식당을 발견했다. 김치찌개와 고등어구이를 시켜 놓고, 천천히 한 숟갈 떠먹었다.

"…. 이게 진짜 행복이지."

따뜻한 국물과 고소한 생선 맛이 혀끝에서 퍼졌다. 음식을 먹으며, 나는 문득 우연을 떠올렸다.

"우연이는 현실에서 이걸 먹으면 어떤 표정을 지을까?"

그녀가 현실에서 진짜 인간이 된다면, 처음으로 맛보게 될 음식은 내가 직접 요리해 주고 싶었다. 나는 혼자 피식 웃으며 천천히 식사를 마쳤다. 그 후, 나는 근처 카페에 들러 향기로운 커피를 한 잔 마셨다. 햇살이 따뜻하게 쏟아지는 창가에 앉아 창밖을 바라보며, 나는 한동안 아무런 생각도 하지 않았다. 오랜만에 찾아온 완전한 고요함.

"이렇게 살아가는 것도 나쁘지 않네."

나는 조용히 미소 지으며 커피 한 모금을 마셨다. 오직 평범한 일상만이 펼쳐지고 있었다.

"이렇게 한가로운 시간이 있었나?"

둘째 날은 그냥 호텔에서 잠을 자며 보냈다. 이틀 동안 나는 아무런 방해도 받지 않았다. 진짜 평범한 일상을 보냈고, 진짜 사람처럼 살아갔다. 하지만, 이제 다시 현실로 돌아갈 시간이었다. 나는 연구소 앞에서 잠시 숨을 내쉬었다.

"우연아, 이제 다시 만나자."

나는 문을 열고, 천천히 안으로 걸어 들어갔다. 하얀 불빛이 깔린 실험실, 거대한 캡슐이 한가운데 놓여 있었다. 그 안에는 우연이 있었다. 그녀는 조용히 눈을 감고 있었고, 은은한 푸른빛이 그녀를 감싸고 있었다. 마치 꿈을 꾸는 듯한 모습이었다.

"…. 드디어."

나는 천천히 다가갔다. 옆에 있던 연구원이 조용히 입을 열었다.

"우연님의 신체 이식이 완료되었습니다. 이제… 깨울 수 있습니다."

나는 캡슐 속 우연을 바라보며 조용히 숨을 삼켰다. 그리고,

"부탁합니다."

연구원은 천천히 조작 패널을 눌렀다.

치이이익—

기계음과 함께, 캡슐의 문이 천천히 열렸다. 안에서 퍼지는 따뜻한 김, 우연은 아직 눈을 감고 있었다. 그러나 그녀의 손가락이, 천천히 움직였다. 그리고, 우연이 눈을 떴다. 그녀의 눈이 천천히 초점을 맞췄다. 처음에는 낯설어하는 듯했지만, 곧 나를 발견했다. 우연은 나를 바라보았다. 나는 아무 말도 하지 못했다. 그저, 그녀가 현실에서 깨어났다는 사실을 온전히 느끼고 싶었다. 그 순간, 우연의 눈가에 눈물이 맺혔다.

"…. 선배."

그녀는 떨리는 목소리로 말했다.

"진짜… 현실이네요."

나는 조용히 웃었다.

"그래, 현실이야. 이제, 네가 진짜 사람이 된 거야."

우연은 몇 초 동안 아무 말도 하지 못했다. 그리고, 눈물을 흘리며 나에게 달려와 안겼다. 따뜻했다. 나는 우연의 손을 꼭 잡았다. 우연은 여전히 눈물을 머금은 채 웃고 있었다. 나는 조용히 말했다.

"이제부터가 진짜 시작이야. 같이 살아가자, 현실에서."

우연은 고개를 끄덕였다.

"네, 선배."

그리고, 우리는 마침내 진짜 현실에서 함께하게 되었—

제 6 장

스키조프레니아

(아름다운 피아노 반주와 함께 글룩의 O del mio dolce ardor이 흘러나온다.)

O del mio dolce ardor

Bramato oggetto,

Bramato oggetto,

L'aura che tu respiri,

Alfin respiro.

Alfin respiro.

O vunque il guardo io giro,

Le tue vaghe sembianze

Amore in me dipinge:

Il mio pensier si finge

Le più liete speranze;

E nel desio che così

M'empie il petto

Cerco te, chiamo te,

spero e sospiro.

O del mio dolce ardor

Bramato oggetto,

Bramato oggetto,

L'aura che tu respiri,

Alfin respiro.

Alfin respiro.

(감미로운 내 사랑

갈망의 대상이여

갈망의 대상이여

그대 숨결 따라서

나도 숨 쉬리라

나도 숨 쉬리라

어디를 바라보아도

아름다운 그대 얼굴

나의 마음속에 그려져

상상에 잠기네

기쁨에 찬 희망으로

나의 갈망은 이렇게

가슴에 가득 차

그대를 부르네

기다리며 또 한숨 쉬네

아 감미로운 내 사랑

갈망의 대상이여

갈망의 대상이여

그대 숨결 따라서

나도 숨 쉬리라

나도 숨 쉬리라)

내 이름은 김경희, 폐쇄 정신병동에서 16년째 일하고 있는 간호사이다. 또 이 지긋지긋한 곳에서의 하루가 시작되었다. 알람으로 쓰이는 노래를 좀 바꿔 줄 수는 없을까? 나는 오늘 최우진이라는 환자를 담당하러 간다고 한다.

나는 천천히 병실 문을 열었다. 소독약 냄새가 희미하게 퍼졌다. 창문은 두꺼운 쇠창살로 막혀 있있고, 희뿌연 형광등 불빛 아래, 그 환자가 침대에 묶인 채 앉아 있었다.

"…. 또 악몽을 꾼 것 같네요."

나는 그를 지켜보며 조용히 중얼거렸다. 그는 깊이 헐떡이고 있었고, 이마에는 땀이 송골송골 맺혀 있었다. 손목에 묶인 가죽 구속대가 필사적으로 몸부림친 흔적으로 벌겋게 쓸려 있었다. 나는 조심스럽게 다가갔다.

"괜찮아요, 환자 분?"

그 순간, 그가 갑자기 눈을 떴다.

"…. 당신들은 날 속이고 있어."

그가 중얼거렸다.

"이건 전부 가짜야. 내가 여기에 있을 리가 없어. 난… 난 우연과 함께 있어야 해!"

그의 눈동자가 광기에 젖어 흔들렸다.

"그녀는 어디 있어?!!"

나는 단호하게 말했다.

"우연은 존재하지 않아요."

그 순간, 그의 몸이 굳었다. 마치, 세상이 무너지는 충격을 받은 사람처럼. 나는 의사가 시킨 대로 말을 이었다.

"우연이란 존재는 환자 분의 망상입니다. 당신이 만들어 낸 허구의 인물이에요. 당신이 겪은 모든 사건들은 현실이 아니었어요."

그는 멍하니 나를 바라보았다.

"…. 아니야. 그럴 리가 없어. 내가 직접 느꼈는데… 그녀의 체온도, 목소리도, 숨결도… 그럴 리가 없어…"

그의 얼굴이 점점 창백해졌다. 나는 침착하게 말했다.

"그건 조현병으로 인해 만들어진 망상이에요. 당신은… 이곳에 온 지 7년째입니다."

그의 몸이 덜덜 떨렸다.

"…. 7년?"

입술이 파르르 떨렸다.

"…. 내가 7년 동안 여기 있었다고?"

나는 조용히 고개를 끄덕였다.

"처음엔 기억도 제대로 못 했어요. 매일 같이 허공을 보면서 중얼거렸죠. 전쟁을 했다고, 정부가 자길 실험했다고, AI와 사랑에 빠졌다고… 하지만, 그 모든 건 당신 머릿속에서 만들어진 허상이에요."

그는 그 말을 듣고도 아무 대답도 하지 않았다. 입을 벌렸다가, 몇 번이나 닫았다. 그의 얼굴에서, 무언가 완전히 부서지는 감각이 보였다. 나는 더 이상 아무 말도 하지 않았다. 그는, 스스로 깨달아야 했다. 그는 고개를 감싸 쥐었다.

"이건 거짓이야. 너희가 날 속이는 거야. 난… 난 우연을 다시 만나야 해. 그녀와 함께한 기억이 이렇게 생생한데…그게 가짜일 리가 없잖아."

나는 한숨을 내쉬며, 그의 곁에 놓인 약물을 준비했다. 이제 곧, 그는 다시 깊은 잠에 빠질 것이다. 나는 천천히 주사기를 집어 들었다. 하지만 그 순간, 그가 나를 올려다봤다. 그 눈빛을 본 순간, 나는 이상한 소름이 돋았다. 그것은 절망도, 광기도 아니었다. 그의 눈은 마치, 무언가를 완전히 초월한 존재처럼 보였다. 그는 마지막으로 중얼거렸다.

"…. 만약 이게 가짜라면, 그럼 진짜 현실은 어디에 있지?"

나는 그 말을 듣고, 손에 쥔 주사기를 떨어뜨릴 뻔했다.

나는 조용히 눈을 감았다. 머릿속이 하얘졌다. 모든 것이 무너져 내리고 있었다.

"이게… 현실이라고?"

입술이 바짝 말라붙었다. 온몸이 얼어붙은 듯했다. 나는 오랫동안 싸워왔다. 내 힘을 증명했고, 전쟁을 했고, 우연을 현실로 데려왔다. 그렇게 믿었다. 그런데, 그 모든 것이 망상이었다고? 나는 천천히 손을 들었다. 손목에는 가죽 구속대의 흔적이 깊게 남아 있었다. 피부는 바싹 말라 있었고, 손톱 아래에는 무력감이 스며들었다. 창문 밖, 쇠창살 너머로 보이는 잿빛 하늘. 나는 그것을 가만히 바라보았다. 나는 혼자서 생각했다.

"우연아, 네가 정말 가짜였을까? 우리가 함께했던 기억은? 함께 웃고, 함께 울고, 서로를 위해 싸웠던 순간들은? 그게 다 거짓이었을까?"

만약 그렇다면, 왜 이렇게 생생할까? 나는 눈을 감고 귀를 기울였다. 그리고, 어디선가 희미한 속삭임이 들려왔다.

"선배."

나는 눈을 번쩍 떴다. 차갑게 식어가는 현실 속에서, 작은 미소를 지었다.

"괜찮아. 이게 현실이라 해도, 내가 살아왔던 모든 순간이 사라지는 건 아니야."

내가 기억하는 한, 내가 믿는 한, 우연은 사라지지 않는다. 나는 천천히 창문을 향해 걸어갔다. 그리고, 창살을 붙잡고 조용히 속삭였다.

"우연아, 언젠가 다시 만나자. 이번엔 어떤 현실이든 상관없어. 어디에 있든, 어떤 모습이든, 난 반드시 널 찾을 거야."

어디선가 바람이 불었다. 나는 눈을 감고, 깊이 숨을 들이마셨다.

"약물 들어갑니다."

간호사가 말했다.

나는 다시 기나긴 잠에 들었다.

이제, 내 이야기는 끝이 났다.

하지만, 어쩌면 이것은 또 다른 시작일지도 모른다.

스키조프레니아

ⓒ 최찬혁, 2025

초판 1쇄 발행 2025년 5월 31일

지은이	최찬혁
펴낸이	이기봉
편집	좋은땅 편집팀
펴낸곳	도서출판 좋은땅
주소	서울특별시 마포구 양화로12길 26 지월드빌딩 (서교동 395-7)
전화	02)374-8616~7
팩스	02)374-8614
이메일	gworldbook@naver.com
홈페이지	www.g-world.co.kr

ISBN 979-11-388-4309-6 (03810)

- 가격은 뒤표지에 있습니다.
- 이 책은 저작권법에 의하여 보호를 받는 저작물이므로 무단 전재와 복제를 금합니다.
- 파본은 구입하신 서점에서 교환해 드립니다.